U0694993

落樱少女

The girl and the

四季歌

four seasons of cherry trees

七日晴 著

天津出版传媒集团

天津人民出版社

图书在版编目（CIP）数据

落樱少女四季歌/七日晴著. -- 天津：天津人民
出版社, 2017.11（2020.3重印）
　ISBN 978-7-201-12320-2-01

　Ⅰ.①落… Ⅱ.①七… Ⅲ.①中篇小说－中国－当代
Ⅳ.①I247.5

　中国版本图书馆CIP数据核字(2017)第216552号

落樱少女四季歌

LUO YING SHAONÜ SIJI GE

七日晴 著

出　　版	天津人民出版社	
出 版 人	黄　沛	
地　　址	天津市和平区西康路35号康岳大厦	
邮政编码	300051	
邮购电话	（022）23332469	
网　　址	http：//www.tjrmcbs.com	
电子信箱	reader@tjrmcbs.com	

责任编辑　玮丽斯
策划编辑　李　佳
装帧设计　杨思慧

制版印刷　三河市华东印刷有限公司印刷
经　　销　新华书店
开　　本　660×960毫米　1/16
印　　张　16
字　　数　182千字
版权印次　2017年11月第1版　2020年3月第2次印刷
定　　价　42.80元

目录
CONTENTS

楔　子：

烛龙族嫠，妖之子，千年梦冷无人问；落樱旋，束为命，情深入骨黯销魂。——烛麟镜

烛麟，烛龙族嫠与妖之子，被神族妖族排斥，流落人间，不信这世间所谓正义所谓真情，认为每个人都有丑陋的一面。

烛麟以自己独有的能力收集和出售信息，传言有寻找他办事的人，只需夜晚在门外挂上落樱铃。

铃声清脆，樱花飞舞，吸引讹兽去通知它的主人，之后，暗地里的少年就会登门拜访。

第一章：

初樱开·相遇

01

"糟糕，要迟到了！"

我抱着一摞书，看着手表上的时间，如一只兔子火烧火燎地朝着教室方向跑去。

夏日多雨且闷热，绿意掩映着我的碧绿纱裙，雨后的空气中弥漫着浓郁的香樟树味道，不过此刻的我没心情仔细呼吸清爽的空气，长长的走廊里只听见我脚步奔跑的"嗒嗒"声。

"借过，麻烦了！"

跑进教学楼大厅突然前面出现一个男生，我焦急地大喊，脚下一个趔趄似乎撞到了什么，我如一阵风刮过男生身侧，飞快地回头瞥了一眼刚撞到的物体，当我看清那个摇摇晃晃的青花瓷物件时，脑子里一个惊雷炸响。

花瓶！

"那，那位同学你后面快帮忙扶住！"惊慌失措的声音回响在大厅内，一脚跨上三个台阶的我急忙刹住步子，手连忙指向少年的身后。

"……"

少年微微抬起头，深邃的目光如夜海中溺水的星星，堪称完美的精致五官张扬着冷漠，给人一种无法靠近的疏离感，那道淡淡的却让人无法忽视的目光掠过我的脸，听到我的话，皱了皱眉头看向右后方。

啪嗒……

就在少年回头的一刹那,本放在圆柱旁当作摆设的景德镇落地青花瓷大花瓶,随着我的碰撞原地晃悠了几圈,轰然倒地破碎。

我瞳孔一阵紧缩,心也跟着一阵紧缩。

"哎……怎么没扶住呢?"我脸上的表情因为惋惜而皱成一团,几步跨下台阶,蹲下身盯着满地的碎片叹息,"隔得这么近呢。"

明明隔得这么近的……

我蹲在地上明显感觉到头顶上方有一道视线,抬头看过,这张美丽得近乎妖冶的脸就在眼前,光洁白皙的额头,单薄如樱花轻抿的嘴唇,丝绸般光泽的黑发,对上少年淡漠看不出情绪的视线,我心里咯噔一下别开视线,空气中满是尴尬的气息。

少年居高临下地站立着,我微微眯起眼睛,透过一旁的全身镜顺着他的目光一起看向里面的少女,小巧精致的娃娃脸,通透雪白的皮肤,一头顺直的齐腰黑发被绿色蕾丝绑成马尾,此刻因为蹲着,几缕调皮的发丝正滑过优美细腻的脖颈垂至身前。

他竟然也在打量我。

我收回打量的视线,脑海中闪过无数念头,就在我以为少年会跟我一样惋惜时,忽然,少年迈开步子,抬脚上了去往教室的台阶,就这样轻描淡写地离开了。

"你……"我未说出口的话在目送少年转弯消失后戛然而止。

"啊,天啊!那位同学,你在干什么?"一个倒吸一口凉气的声音炸起,打断了我要叫住少年的声音。

只是几秒钟的时间,一个胖胖的身躯就冲到了我跟前,脸上的肌肉在看清

"事故现场"后忍不住颤抖。

待看清来人是谁，想起学院对他的传言，我脖子一凉，缓缓站起身，没来由地感觉周围气温骤降。

完了……

果然，系主任范原看着满地的瓷器碎片，呼吸因为胸膛里的愤怒变得越来越急促。他盯仇人一样盯着一旁默不作声的我，手指都要戳到我的鼻子上去，"你叫什么名字，哪个班级的？打碎花瓶有什么意图？是不是对学校有什么不满？你知不知道这可是去年才采购的珍贵瓷器！哎哟，这么好的瓷器……"范原心痛地弯腰捡起一块碎片，仿佛那是他破碎的心脏，"这可怎么办，可惜了，可惜了……"

"范先生。"我动了动嘴唇，想辩解却没有发出声音，我忽然不想让刚才那位无辜的少年牵扯其中。

"我会照价赔偿的。"我长长地呼出一口气，握了握拳头，然后像做出了什么重要的决定，低声道，"是我的错，我因为赶着去上课没注意，碰倒了花瓶，很抱歉给您带来困扰。"

看到对方有点愕然，我露出让他宽心的微笑，从包中翻找出一样东西并取下胸前的校徽递过去："这是我的学生证和校徽，上面有我的班级和名字，您不用担心找不到我，我也不会事后开溜。碎片等会儿会有管理爷爷来清理……那个，需要我先清扫一遍吗？"

直视着对方的眼睛，我的真诚不容置疑，范原欲继续训斥的话忽地就全部咽了下去。

他看着眼前这双诚恳地递出东西的手，唯恐我变卦，遂拿过象征我身份的物件放进裤子口袋，顿了顿，开口道："留给管理清理吧，你不是说在赶时间

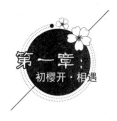

吗？明天放学后记得去财务室商量赔偿事宜，详细情况我会跟他们说明。"

"好。那……我可以去上课了吗？"我微笑地指了指楼梯，已经耽误很多时间了，迟到无可避免，只希望能赶上后半堂课。

范原凝视着我，咳嗽了一声，手不耐烦地朝外一挥，得到允许的我面上一喜，快速地点点头："谢谢。"

裙裾如蝴蝶翩翩起飞向楼梯上跑去，一眨眼就消失在他面前。

我脚步急切，直到看见教室的后门。我深吸一口气，将后门轻轻推开一条缝，猫着灵活的身子悄悄进去，找到自己的座位坐下来。

好险，庆幸班上同学多，讲师也不会次次点名，我心有余悸地拍拍胸口，环视一周看了下课堂情况，注意力忽然被角落的那个背影吸引过去。

咦？在我请假的这几天，班上来了新同学吗？为什么那个背影看起来如此陌生，甚至从未见过，而背影还有几分落寞。

我用奇怪的眼神看着角落的人，正好对上一双熟悉的冰冷双眸，他似乎感觉到令人不舒服的视线落在自己身上，偏头直直地看着打量他的我，想必认出了我是刚才楼梯间撞到花瓶的人，他的眼里闪过一丝寒意。

意识到少年并不喜欢被人打扰，哪怕是眼神，我连忙低头装作看书。低头看了一眼胸前本该挂着校徽的空荡荡的地方，想起要赔偿的事就忍不住长叹了一口气。

02

傍晚的时钟指向六点钟，巨大的钟声在特伦市区的中心广场响起，我拿着财务室确定的赔偿数额表，满腹心事地乘车回家。

绿绮小区坐落在特伦市远离市区的边缘地带，绿油油的爬山虎挂在一片破

旧的老城区墙壁上，风吹过的时候簌簌作响。与小区一墙之隔的是光鲜亮丽的别墅区，粉红色的蔷薇花一圈圈缠绕着白色的欧式建筑，看起来高贵典雅。

野生的爬山虎和被精剪细修的蔷薇花，仿佛象征着住在房子内两种人的差异。我租住在绿绮小区左起第三栋楼一个仓库的上面，这是不久后要被拆除重建的老区，许多人早已搬出去，因此租金十分便宜。

夜晚的风还残留着白天空气中的燥热，我将全部财产取出来后，发现还是差一大截。

围着围裙在厨房里一阵忙活，装好松软柔滑的椰子糕，将焗烤芝士肉酱放到盘子里，我倒了一杯牛奶放到托盘里打算去阳台享用。

穿着睡衣的我，端着晚餐哼着不成调的小曲在阳台的藤椅上坐下来，平日擅长美食烹饪，但我今天没心情，只简单做了些食物饱肚。

在目光看不见的地方，没人注意到的黑暗中，对面别墅窗口一只本在睡觉的雪白生物，嗅到空气中甜腻诱人的香味，打了个激灵爬起来，躬起身子仔细寻着气味来源，圆溜溜的眼珠在看到薄纱月光下，一边吃着食物一边在打电话的少女时闪过一丝狡黠，略肥的身子灵活地钻出半开的窗口，以闪电般的速度跃了过去。

正在讲电话的我恍惚间听到什么响动，回头一看周围又以为听错了，手机里传来温和询问的声音。

"小叶，你刚是说要借钱，对吗？"

我忙不迭地回应："对对，没错，我现在需要一笔钱，过段时间再还给你啦，谢谢啊，湛卢。"

"哎呀哎呀，不用谢。"他笑嘻嘻地回答，我客气了几句说了拜拜。

"暂时解决了……"我微微启唇喃喃道，将电话随意搁到桌子上。

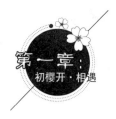

踢掉碍事的拖鞋，我将瘦小的身体慵懒地蜷缩在藤椅上，看着远处夜空中银色的月亮，圣洁的光辉洒满大地，思念的感觉如潮水上涌瞬间将我包围。

不知道远方药房里的爷爷此刻在做什么呢？是给人看病？或者已经睡下了？说不定和我一样，也正在想念对方……

晚风吹着青丝在风中飞舞，淡淡的蔷薇花香混合着糕点的香气飘散在空中，一切静谧而美好。尽管从小失去父母，但一想到和自己相依为命的爷爷，我的心情逐渐好了起来，嘴角的笑容越扩越大，禁不住哼起了家乡的歌。

好吧，我承认歌声的确有点难听。

小小的阳台上，我眯着眼睛唱了会儿，然后坐直身子尽情地伸了个懒腰，转身的一瞬间跳了起来。

"呀！你，你是什么东西？你从哪冒出来的？"我正准备用刀叉食用藤椅旁边圆桌上的糕点，看到面前的不明访客时，惊得瞪大了双眼。

眼前这只不知道什么时候来的动物，看起来既像狐狸又像狗，肥嘟嘟的圆脸正无辜地仰起瞅着我，稀稀拉拉的胡子上还挂着偷吃没抹干净的糕点渣滓，而那双仿佛会说话的眼睛，正带着一种"我就吃了，你拿我怎么样"的眼神与我对视。

我用两根手指夹起还沾着酱料的叉子，只见上面本有的一小块牛肉也不翼而飞了。

放下光秃秃的刀叉，我叉腰微微俯视着眼前的"小偷"，嘟起嘴训斥："喂，小家伙，你谁家的啊？"

"汪汪，汪汪！嗷呜！"

"你是狗？怎么看起来怪怪的。"我摩挲着下巴思考着。

"汪，嗷呜……"

我抄起双臂，上上下下地打量着它，喃喃自语："真是狗啊，呃，仔细看……好像是狐狸犬。可爱是可爱……不过你把我的晚餐吃了，我很生气。"

它将头扭向一边，丝毫不为自己的行为感到抱歉。

就在我们双方都僵持的时候，一句清冷的声音插了进来。

"诞，回来。"

我沉浸在自己的情绪里，完全没注意到对面别墅有人，刚抬起头冷不丁地又看见那张已经算熟悉的脸。

还是像画一样的美丽，冰山般的冷漠，冻得周围的空气似乎都下降了。

"嗷呜——"听到呼唤声的诞撒开四爪飞快地跳上阳台的扶栏，不忘回头白了我一眼，接着它的尾巴在空中打了一个卷儿，敏捷地从扶栏一跃稳稳地落在了对面的窗台上，若无其事地蹿进屋子，头也不回地离开了。

原来是他的宠物。

"蛋？"果然什么样的人养什么性格的宠物……

"是你啊。"我看着他，轻抿的唇角有无法言说的委屈，诡异的是面对这个人我有一种说不清道不明的感觉。

想靠近又无法靠近。

"嗯。"他轻声应了一句，目光没有焦距地看着我的身后，好像又在看着更深远的苍茫夜色。

月亮被云层遮挡，黯淡的月光下一切看不分明，少年的脸庞掩映在模糊的阴影中，眸子里似乎有暗沉的星芒在闪烁。

我困惑地皱了皱眉，怀疑对方是不是睡着了。

"以后不要将食物放在外面。"

他不知道在想什么，末了，才把目光落在一动不动的我身上，说完这句话

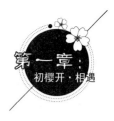

后，他面无表情地转身走回屋内。

见状，我才猛然记起一个重要的问题，着急地对着少年的背影开口："还不知道你名字呢？我叫苏荷叶，姑苏城的'苏'，'荷叶罗裙一色裁'的'荷叶'。你叫什么名字？"

由于太着急我甚至用了最近学的一句古诗，说完我马上后悔了，要是对方没听过这首诗……早知道就说荷花荷叶了，我懊恼地想着要不要换个介绍。

少年本要跨进门的背影在听到身后的话后停了下来。

时间一瞬间凝固了，我看了他一会儿，就在我以为对方不会回答我时，淡淡的两个字随着微风吹进耳中。

"烛麟。"

03

我愣愣地听着，意外他怎么起这么怪的名字，然后目送着他走进内室掩上门。令人不解的是，从那晚后我的食物总是离奇失踪。

有时候是放在厨房碗柜里做甜品的材料，有时候是端上桌准备吃的餐饮成品，甚至连放在沙发上没开封的苏打小饼干都转眼不见，我一度怀疑家里进了老鼠，可蹲点守了几晚，根本看不到一只老鼠的踪迹。

那个偷食物的家伙好像算准了我的时间，专门挑我不注意的时刻下手，真是气死我了。

这天放学，我特意做了一个香气馥郁的小蛋糕搁到阳台的小桌上，然后躲了起来。联想到最近的反常，我好像猜到了是谁干的。

晚风吹走白天的燥热，安静的阳台上透出一丝凉爽，甜腻的香气弥漫在空气中，诱惑着黑暗中那双贼溜溜地偷窥的双瞳。

落樱少女
The girl and the
四季歌
four seasons of
cherry trees

　　我屏住呼吸，猫着身子藏在窗帘后面，隔着窗户边的玻璃窗，小心地注意着小桌上的蛋糕，我有信心捉到那个小贼，看谁坚持得久。

　　墙壁上挂钟的分钟转了快半个圈，豆大的汗珠不停地从我额头上滴落，后背上衬衫里的汗液黏糊糊的让人很不舒服，就在我瞪得眼珠子都快掉出来时，只听见有东西踩在碎裂的树叶上，阳台被弄出了细微的响动。

　　我轻轻地把窗帘一角掀开好看得更清楚，不知道什么时候，一只雪白的爪子搭上了桌角的边缘，它左右试探着摸了摸，结果什么也没摸到，蛋糕离它的爪子还有段距离。它意识到了这一点将爪子放了下去，下一刻，半颗雪白的脑袋从桌边冒了出来，一双圆溜溜的幽绿眼睛出现在我视线中，它警惕地扫视四周，似乎在思索安不安全。

　　它那打量的模样实在过于滑稽可爱，我差点笑出声。

　　时间过去了几分钟，它完全放下心来，敏捷地跳上桌子，先是在蛋糕前嗅了嗅，嘴角露出一抹精明的笑。我心中一惊，怀疑自己是不是眼花了，我竟然看到一只宠物像人类一样在笑？

　　就在小贼犬舔了舔蛋糕上的奶油樱桃，叼起蛋糕准备逃跑时，我抓住时机掀开窗帘，迅速地冲到阳台一把逮住它，呵斥道："臭蛋，叫你偷吃，就知道是你！"

　　"嗷嗷嗷！呜呜……"它拼命地挣扎，四肢惊慌地在空中挥舞，嘴里咬着蛋糕死死不肯松口。

　　我提着它脖颈处的皮毛，拎着它在空中荡了荡，得意地瞧着它的可怜样，心情大好："你不是神气嘛，怎样？你继续神气呀，我可不怕你。"

　　"嗷！嗷！嗷！"它幽绿的眸子变得火红，喷火似地瞪着我，哇哇直叫，这奇怪的瞳色看得我一愣。

"别叫了，你还有理了不成，整天偷吃偷喝，烛麟不管你吗？小心我把你炖火锅。"我没有多想，冲它比了比拳头，吓得它委屈地嗷呜一声，声音立马变小不少。

我看着对面紧闭的房门和灯火通明的客厅，不清楚烛麟是不是睡了。

想到这贼狗的事必须得有个说法，我心底一沉，拎着它回到客厅，几步跑下楼，去找对面的烛麟了。

我在楼下疾步匆匆，而此时，从另一侧窗台跃出的少年，同样以疾风般的速度，快速地赶往一个地方。

夜空中繁星如钻，一条两边种满朱顶红的道路延伸到一座宅院前，宅院被铜制栅栏包围静静伫立着，看起来有些年岁，晚风摇曳着草丛间红如赤焰的花朵，绰绰约约。

丁零……

丁零零……

大门外有一盏孤零零的路灯，细刻着花纹的灯杆挂钩处突兀地挂着一串风铃，清脆悦耳的声音正是从它那儿发出的。昏黄的灯光反射着潮湿的地面，灯下的曼妙女子搓着手来回踱步，脖子上昂贵的宝石项链在灯下闪着光，她不停地望着远处漫无边际的黑夜，脸上露出焦急的神色。

安静的弥漫着凉意的夜空中，一道如鬼魅的黑影在屋顶上跳跃，由远及近，最终进入女子视线，在隔她三米左右的地方落地。

看到来人，女子面上一喜。

"原来是真的，挂上风铃真的会见到你。"女子急促的语气中充满抑制不住的激动。

黑色的影子在朦胧的夜色中看不清面容，他抬起头，深邃清冷的目光透过女子，落在那串摇曳的风铃上。

"你并非找我办事？"少年幽幽吐出冰冷的语句，冷漠的眼神回到女子的脸上。

"不，不是这样的……"女子皱了皱眉头，难以掩盖见到少年的不可思议，她急忙解释，"我只是偶然在家中找到母亲的日记本，上面写着联系你的方法和关于失踪妹妹唐樱的只言片语，我只是一时好奇，好奇母亲会有怎样的秘密。"

唐樱……

少年思忖着这个陌生又有几分耳熟的名字，毫无温度的眼神泛起寒意，骨节修长的手在黑暗中虚握一圈，似乎在夜色中探寻什么，冷冽的风突然剧烈起来，吹得地面上几片枯叶打起了旋儿。

"你需要购买什么？"少年问。

"啊？我……我，我不是……"感觉到对方不容置疑的眼神，女子支支吾吾的回道。

"那你可有作为同等价值交换的消息？"少年的脸上挂着淡漠，看不出一丝异动。

或许，诸如此类的事他遇过太多，早已麻木。

看到他在等她回话，想起他的能力，女子心急地走上前几步，手指着他："那我问你，我母亲的秘密是什么？我们家族是怎么……"

"你违反了规则。"少年强调道。

"哪有什么规则，我只是试探下你会不会来，我没想到这世间的事如此奇异，你是什么人？怎么会有这么奇怪的办事规矩？还有我母亲她……"女子语

气急切，没注意到少年皱起了眉。

"交易失败。"

声音里透着空茫缥缈的叹息。

女子堵在喉咙口的话被少年生生打断，只见他脸色骤然变得阴沉，耳边一阵风刮过，少年已如灵敏的黑豹瞬间消失在浓浓的黑夜中。

"我话还没说完，你放肆！"

看到少年无视她的身份和怒气离去，女子尖声叫道，漂亮的五官几近扭曲，高跟鞋不甘心地在地上跺了几脚。

周围是伸手不见五指的黑和清冷的风，淡淡的馨香弥漫在空气中，风铃随风吟响，刚才的一切仿佛一场梦。

04

我按了许久的门铃，无人来开门。探身看向窗口透露出的灯光，又不像没人在的样子。

"臭蛋，你主人呢？"我拎起它到眼前，与它对视，它的瞳孔恢复成了淡淡的绿色，懒洋洋地看了我一眼。

这小家伙本想一口吞下蛋糕毁灭证据，我威胁它敢这样我以后会从外面买食物，它便再也偷不到我做的美食了，它作罢却也不松口，叼着蛋糕将腮帮子撑得鼓鼓囊囊的。

"奇怪，人去哪里了。"我喃喃地念着，踮起脚尖准备敲门，门突然从内打开了。

我保持着要敲门的手势，无辜地望着他。眼前的少年穿着黑色的衬衫和休闲长裤，乌黑的发上沾染着露水的气息，眼眸中含着隐忍的怒气。

落樱少女
The girl and the
四季歌
four seasons of
cherry trees

　　谁惹他了吗？怎么一副从外面回来心情很不爽的模样，但我没惹他，也没见他出去啊……

　　"有事？"他问。

　　"哦，有事。"我将他的狗举到他眼前，定了定心神，正义凛然地说道，"你的狗偷吃我的食物，不止一次了。"

　　"嗯。"他漫不经心。

　　我没想到他对我的话这么淡漠，看来他还没意识到"偷窃"是一件值得引起重视的大事。我重新整理了下思绪，再次强调道："同学希望你弄清楚，我的意思是你的宠物，这个小偷，犯了错必须得到惩戒，要是它以后继续偷别人家的东西，会被打的，你明白吗？"

　　"你瞧瞧它。"说完我怕他不明白，将手上的"罪犯"提到他面前，重重地搁放到一旁的置物架上，让他亲眼看看。

　　他抄着双臂，看了看狐狸犬，抬起眼皮准备关门："知道了，我稍后会处理的。"

　　诞快速地蹿进门，我在门快关上的那一刻，用身体挤在门口表示抗议："不能就这么算了！"

　　烛麟松了手。

　　"哎，你这个人真的很奇怪，这狗真是你养的吗？"我挤进门内，指着里面快活地摇着尾巴的狗，那块蛋糕已经被它吃掉一大半了。

　　"是我养的，养很多年了。"他说。

　　"那你就对它负责！这样吧，我教你烹饪蛋糕的方法，反正这么多次我摸出门道了，这家伙喜欢甜食，独爱蛋糕，只要你做蛋糕给它吃，它便不会影响我了。"我自认为想出了一个好主意，为他好也为我好，所以想也不想地说了

出来。

"我没兴趣。"他回答得理所当然，完全不理会碰了一鼻子灰的我，脸色黑得像暴风雨来临。

我看着他毫无商量的眼神，冷静了几秒平复火气，以免提脚踹他。

"随你，反正接下来一周我会按时来敲门，教你制作方法。"

我气哼哼地说完，没心思听他要说的话，头也不回地下楼回了家。

门轻轻关上，安静的屋内，少年犀利的目光投向规规矩矩蹲在地上的动物，他的语气听起来很不好。

"诞，你今晚失职了。"

只见原本披覆白毛的狐狸犬毛发变长，身体缓缓升腾起一股白雾，锋利的爪子从四肢下伸出，类似犬类的面容上眼睛变成夺目的血红，眉心处出现金色的印记，俨然是一只俊俏小兽的模样。

"嗷，偶尔休个假嘛。"诞尾巴一扫跳上沙发，卧躺着甜甜地回答，竟然是十二三岁少年的声音。

烛麟在沙发旁坐下来，倒了一杯红酒优雅地喝着，神色忧虑道："今日我被一无知女子给戏弄了，她在府宅外挂起落樱铃召我前去，到了却不是为了做生意。"

"哈哈，我说你脸色怎么这么臭，原来是被耍了。"诞舔着爪子上的毛发，语气幸灾乐祸。

烛麟无视诞的调侃，一下一下晃荡着杯中血红的红酒，眉头深锁："这女子提到一个名字，我听着耳熟，不知道以前是不是做过生意，想起来心中不是很舒服。"

"哪个名字？"诞臭美地梳理着爪上的毛，随口问道。

"唐樱。"

"唐樱？"诞吐着口水的舌头一下停了，它像是想了一会儿，最后慢吞吞地说，"以前你生意火爆，找你的数不胜数，忘记一个两个很正常，哪像现在，闲得我都以为你是一个人类了。"

诞的目光落在烛麟的胸口，只有它知道在那黑色的衬衫下，那个地方受到过怎样致命的伤害，让烛麟变成了现在冷冰冰的样子，以前的他不是这样的。

"对面那个蠢女人烦死了，我恨不得让她消失呢。"诞红彤彤的眼珠子满含被羞辱过的不甘心，想起被她拎起来当贼捉的画面，简直是它的噩梦。

烛麟放下酒杯，动了动嘴唇挖苦道："你不偷吃，她会找你？"

诞急忙辩驳："那，那是食物在召唤我。"

烛麟冷哼了一声，起身笔直往卧房走去，走到门口淡淡的吩咐飘进诞的耳中："记得关灯。"

诞没有答话，翻着白眼看着那扇门缓缓关上，尾巴一扫，屋内"啪"地一响，满室灯灭，屋内即刻陷入一片黑暗。

从那次在烛麟家门口扔下话后，为了履行诺言，我每天登门拜访他，身体力行地教他做糕点，他从一开始的抗拒沉默到后来肯听我说话，着实花了我一番功夫。

第六天的时候，我让烛麟自己做一份点心。因为刚好是周六，一大早我买好了面粉、鸡蛋、水果这些去敲他家的门。

按了十多分钟门铃，他穿着睡衣迷迷糊糊地来开门，那终日不见异样的清冷眼神，看到抱着一堆食材的我竟透出一丝无奈。

我腾出一只手，笑眯眯地朝他打招呼："早啊，烛麟同学。"

他没有理我，知道拦不住我，开了门便接着去睡觉，怕我向上次那样冒失地踩脏他的地板，他走了几步，语气不耐地提醒："门口换鞋。"

"哦！好的。"我动作麻利地换鞋，想起这次来的目的，连忙说道，"今天的主厨是你，你睡醒了要记得来厨房，食材我先给你准备好，明天我就不过来了。"

他已经进了卧室，不知道有没有将我的话放在心上。

倒是诞，听到门口有响动跑了出来，坐在椅子上高傲地望着我，眼神时不时瞟向一旁的纸袋。

"你倒是机灵。"我瞪了它一眼，关上大门，提起袋子去厨房。诞眼珠子不看我，脚却像不听使唤地跟着我往厨房走。

忙了一阵，我切完辅料水果，调好鸡蛋和面粉便去叫烛麟，没想到出门就看到他朝厨房走来。

他端着一杯水，目光掠过我看向地上，我顺着他的目光看到偷吃后一嘴奶油的诞。

"喂！你是饿死狗投胎吗？"

"嗷！"它气焰嚣张。

我气不打一处来，放下蛋糕模型，忙去赶它："这里交给你了，我先去收拾它。"

诞灵活地躲避着我的手脚，在厨房里乱冲乱撞，我一路赶着它往客厅跑，让烛麟去做接下来的活。

客厅因我们的追逐打闹一地狼藉，像是要显示它的"功勋"故意激怒我，诞跳上角落里的小圆桌，用爪子打开了上面的一台留声机，醇厚韵味的歌声萦

绕在室内。

我追它追得满头大汗，半根狗毛都没捉到，我第一次知道有这么肥胖灵活的宠物狗。半个小时后，蛋糕的香气传进鼻内，诞被香气吸引，丢下我一溜烟儿跑去了厨房。

05

烛麟端出一个漂亮的海绵蛋糕半成品，取出冰箱里做好的奶油和芒果泥，均匀地涂抹在表面，用锯齿状刮板拉出装饰花纹，然后仔细地点缀水果，四周黏上椰丝和蛋糕碎屑。

我没想到一个小蛋糕他做得这般用心，而且他极有天赋。当一个令人惊艳的成品出现在我和诞眼前时，我听到了诞咽口水的声音。

他擦干净手，非常绅士地给我们摆好碗碟，眼神淡淡地看向我，开口道："好了。"

诞欣喜地"嗷"了几声，我撇嘴瞪它，呵斥它没见过世面，之前偷吃我做的食物可没见它这么兴奋。

我不饿，没吃多少，烛麟更是只动了几块水果就继续去睡觉了，诞吃完剩下的大半个蛋糕，仰着圆鼓鼓的肚皮在沙发上打呼噜。

目的达成，我没打扰他们，清理完厨房带走垃圾，悄悄回家。

只是我不知道，在我迈着轻快的步子从楼下走过时，楼上的窗帘被人拉开了一条缝隙，一道意味深长的目光追随着我，平日那双毫无温度的眼眸竟浮现出一丝不可捉摸的温柔，那张千年波澜不惊的面容上，漾开了一个连他都没发觉的清浅笑容。

离开烛麟家后，我去商场买了些生活用品。阳光很好，下午我把床单被套全抱出来晒到阳台上，整理房间的时候翻出来一串风铃，也不知道是不是上一位租客遗落的，风铃看起来有些旧，式样古典精致雕刻着樱花，洗干净后，我随手挂起来晾干。

眯着眼睛窝在躺椅上听歌，风吹得头发蓬松柔软，我的心情也如棉花糖一样蓬松柔软。我听着歌迷迷糊糊地睡了过去，直到夕阳铺满天空，四周的光线暗了下来。

睁开眼睛的那一刹那，我的心脏猛烈地收缩，对眼前的一切反应不过来。

丁零的风铃声在耳畔响着，阳台角落立着一个身形高挑的少年。

少年戴着银色的面具，幽深的眼睛一动不动地盯着我，他穿着黑色的长衣长裤，披着黑色的披风，和夜色融为了一体，给人一种冷漠的孤独感。

我看着他，他凝视着我，仿佛看了我许久，一直在等我醒来。我一时有点分不清这是梦还是现实。

"你需要购买什么？"他的表情很认真，对我开口。

"购买什么……"我眨了眨眼睛重复他的话，疑惑的目光投向他。

"我收集情报，也出售信息，客人想获得信息，可以直接支付报酬购买。"他说，"金钱买不到的信息，客人可以选择用同等价值或者超越价值的消息来交换。"

"对不起……"我更加摸不着头脑了，喃喃地对他说，"不好意思，我听不懂你的话……"

"找我办事的人，只需夜晚在门外挂上落樱铃，我即会登门拜访。"

他说着，看向那串雕刻着樱花图纹的风铃，丁零的响声里，他的声音如溪流般轻盈地流动着，充满了诱惑和神秘。

落樱铃？

我呆住了，转头望向我随手挂起的风铃。难道这串旧风铃是落樱铃吗？挂上风铃就能见到他，那他是谁？收集出售信息，这又是什么奇怪的职业？侦探吗？我怎么觉得这个夜晚如此不真实，还有……眼前的这个人为何让我觉得有些熟悉？

"你刚说的我不是很明白。不过很冒昧地问一句，我们是不是认识？"我嘴唇轻微地颤抖，心里紧张得直打鼓。

面对这个奇怪的人，我竟然不害怕，反而很想弄清楚他的真实身份。

晚风吹过，万家灯火星星点点装点着这座城市，对面阳台一片漆黑，那只馋嘴的狐狸犬也不见踪影，眼前的少年沉默地听完我的话，我等着他的回答。

"交易失败。"

他说完这句话，身体一跃，如一阵疾风消失在我的视线里。

我一愣，漫长的等待，就等到这样一句话，等我反应过来不对劲时，他已经不见了。

我四下探寻他的身影，确定他是真的离开了，走得神龙见首不见尾。他是正常人吗？普通人怎么会有瞬间消失的能力！想到这一点，我的后背瞬间爬满了冷汗。

下午晾晒的被子已经染上露水，我手忙脚乱地收进屋内，再出来的时候看到诞蹲坐在我的阳台上，一脸阴谋地看着我，看得我心里瘆得慌。

"臭蛋你吓死我了。"我嘴唇发抖，扬起手虚张声势地想打它，取下招事的风铃，我不满地抱怨，"你说你一只狗，怎么整天像只猫一样那么灵活，这像话吗？"

"嗷嗷呜。"它盯着我手上的风铃，眼珠子贼溜溜地转。

"你也觉得不像话啊，看什么看，这可不是吃的。"我握紧风铃好让它不发出响声，想起看到的那个少年说的话，小心地望了望四周，凑近诞，咳了咳壮胆，"那个我问你啊，我说是假设，你说这世上会不会有……阿嚏……"冷风让我打了个喷嚏。

"算了，我不说了。"我摸了摸鼻子，想到那个不吉祥的字，干脆闭了嘴，煞有介事地摇头。

"嗷！"它故意地大叫，像要让我说完。

"不准叫！"我使劲凶它。

"嗷！"它丝毫不怕我，眼睛里似有算计般的精光。

"你主人呢？黑漆漆的，你们家停电了？"我看了看对面，阴森的气息让我止不住打了个寒噤。

"奇奇怪怪的……"周围灯光黯淡，我抱了抱胳膊，回到明亮的客厅才觉得安心。

想到这个晚上遇到的事，我将风铃放进了抽屉里，诞没来闹我，在我的屋子里走了一圈没发现好吃的，又从阳台回去了。

半夜，躺在床上，我辗转反侧，好不容易睡着了，半夜又做噩梦醒了。似乎有争吵声，随风传进我的耳内，很不真实。

一个愤怒的声音说，不遵守交易者以后拉入黑名单。

另一个声音开怀大笑，回答道，还不是你自找的。

不知道是不是我幻听了，我觉得那两个声音分外熟悉，好像经常听见一样，我艰难地睁开眼，发现窗户不知什么时候被风吹开了，窗台上的吊兰，尖细的叶子轻轻摇曳着，粉蓝色的窗帘随风扬起，像翩翩起舞的蝴蝶。

静谧的夜空下，根本听不到任何声音，短暂的对话仿佛只是我的一场梦

境。困意袭来，我没有力气去探寻声源，闭上眼睛，重新陷入了睡眠。

　　而就在窗台外视线无法触及的地方，烛麟闭住呼吸，表情若有所思。在他肩膀上，趴着一只通体雪白的小兽，微弱的灯光照着它嘴角不怀好意的笑。

　　烛麟把目光投向屋内沉睡的少女，紧紧地盯着她的面容，似乎在庆幸没有被她发觉。

　　他缓慢地收回目光，鬼魅一般跃起，几下跳跃，落在了近处的阳台上，身影悄无声息地走了进去，似乎什么事都不曾发生过……

第二章：
泪樱飞·少年

01

第二天下课期间，我的眼神直往角落里那个身影看去。

烛麟趴在桌上睡觉，白皙的皮肤在阳光的照耀下几近透明，薄唇紧抿，睫毛长得令人嫉妒，我越看越觉得他像昨晚的"神秘人"。

为了印证心里这个想法，我用手遮住自己的一部分视线，挡住他的半边脸仔细观察，我眨了眨眼睛正看得认真，他忽然睁开眼睛盯着我，脸上没有什么表情。

糟了，我手一僵，急忙缩回来假装拨弄头发，朝他尴尬一笑，不自觉地把头转开了些，好在他没有生气，目光淡淡地往我身上一扫，就换了个方向继续睡觉。

我还在懊恼见不到他的脸，班长叶西丽刚好从外面进来，见到我，对我道："苏荷叶，老师叫你中午去一趟办公室。"

我胡乱收拾了下课桌上凌乱的书本，见状连忙回答道："哎！知道了。"

"对了，一楼有个人，好像是找你的，我听到他在问你的名字和班级呢。"叶西丽翻开课桌，想起什么似的看着我，提醒我道。

"好，我去看看。"我听完她的话，拿起桌上的手机，起身离开了座位。

我一路小跑下楼梯，猜测着是谁会来看我？到一楼的时候看到一个熟悉得不能再熟悉的背影时，我欣喜地叫出声来："湛卢，你来啦！"

湛卢站在宣传栏前，听到我的声音回过头，见到是我，冲我露出一个十分

灿烂的笑容。

这个让人无法抗拒的笑容，让我的心里开出了千万朵灿烂的花。我环顾四周，发现只有他一个人，我迅速地跑到他面前，微笑着问："哇，你是专程来看我的吗？"

湛卢打量着一楼，注意力放在圆柱旁的落地青花瓷大花瓶上，同样微笑着问："这就是我们小叶撞破的花瓶呀？真厉害。"

"啊？"我脸上写满了惊讶，后知后觉他在取笑我，我的眼神里不禁带上了一丝厚脸皮，"对啊，是我撞破的，赔了个一模一样的。"

"啧……"湛卢用充满敬意的眼神打量起我来，将手上的纸盒提到我眼前，"前天我回了家，苏爷爷托我给你带的莲蓬和草药，给你。"

我一把抓过他手上的纸盒，迫不及待地打开，看到剥好的莲蓬和一包包清肺去热的草药，一脸感动："还是爷爷对我好。"

"对对对，爷爷好。"湛卢大声地回答，语气明显透露出一股酸味。

"没啦，爷爷好，湛卢也好。"我"扑哧"一声笑了，笑嘻嘻地去捶他的肩膀，"放假一起回去啦，好久没回家了。"

湛卢点点头，因我的一句话唇边露出笑容，他看了看手表，催促着我："你快上课了，东西送到你手里了，我们下次再聚。"

我心里正开心呢，上课铃声却无情地响了起来，我心中微微遗憾，但还是笑眯眯地回答："好呀，下次聚。"

"快去吧。"湛卢拍了拍我的脑袋，我看着他晒得黑黝黝的脸偷笑，他可不能再黑下去了，不然糟蹋了这张帅气阳光的脸。

我没有多舌，朝他挥挥手，然后往教室跑去。

中午从办公室回来，老师说整理文档的时候，发现我和烛麟的家庭资料缺

失，需要补交，让我收齐了烛麟那份一起交上去。

吃过午饭大多数同学都没有进教室，扎堆在操场上晒太阳。楼上，烛麟一个人站在柱子旁，看向楼下，下面的女生们都看着他，窃窃私语，不时地发出轻笑。

我虽然跟班上的女生交集不多，但是也知道烛麟受欢迎的程度，可是他总是独来独往，冷冰冰地谁也不搭理，所以没有女生敢接近他。我和他住得近，明白他的性格，知道他只是讨厌主动，心并不冷漠。

就算是邻居，我们在学校也保持了一定的距离，互不干扰对方的生活，恐怕还没人知道，私底下我们是相识的。

趁着人少，我有件事现在必须问他。

我磨磨蹭蹭地挪到柱子旁，发现没人注意到这边，我思考了一会儿，用只有我们两个能听见的声音问他："昨晚我在阳台挂了串风铃，引来了一个奇怪的人，和你长得很像，我想问……是不是你？"

我僵硬地微笑，要是烛麟真是昨晚的人，那岂不是太恐怖了？但是，不弄明白这个问题，依照我的性子，恐怕夜夜睡不安稳。

他回头，皱着眉头，没搭理我。

"我没别的意思，就是很好奇，你看啊，你的宠物那么精灵，你自己整天又如此神秘，加上我遇到奇怪的人和事，所以怀疑你也很正常吧。"我极力掩饰心里的不安，怕惹怒他，连连表示自己的立场，"你放心，就算真是你，我也不会乱说的，我只是想确认一下。"

我说到做到，不是敷衍他，我想好了，他若承认，我倒放了心，平时大家井水不犯河水，我替他保守秘密，等他信任我，也不是多难的事。

"我不是。"烛麟的声音传进我的耳内，我听完有点生气。

"我不相信。"我反驳了一句，起先我以为是梦境，但后来越想越觉得是

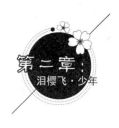

真的，半夜的对话恐怕也不是梦，他的声音我认得出，只是另一个声音，我暂时不知道是谁。

我们的声音不大，但还是吸引了走廊上几位同学的注意，其中有几位女生更是目不转睛地盯着我，仿佛我做了多么罪无可赦的事，导致了烛麟的不悦。

良久，我平复了心情，重新看向他。

身边适时地响起了烛麟的声音："对不起，你的告白我不接受。"

他拔高了声音，故意让周围的人听到，我头脑混乱，身体不由自主地晃了一下，意识到他在说什么，我一脸茫然。

"我不喜欢你。"

他像是嫌一句话影响力不够，又补上一句。

我木然地站在原地，感觉到他的话犹如往周遭的人群扔进了一颗炸弹，呼声过后，一片叽叽喳喳的吵闹声，潮水一般将我包围。

"天呐，想不到苏荷叶这么不要脸。"

"我很佩服她的勇气呢。"

"平时文文静静的，原来是一位火爆的小辣椒呀。"

"哈哈！有好戏看了！"

……

嬉笑声和讨论声沸沸扬扬，我感觉我的脸烧了起来，脑子不听使唤地生锈，忘记了运转。

在一片混乱声中，我看到烛麟往教室内走去，一副事不关己的样子。他为了转移话题，故意让其他人误会我在告白，真是太可恨了！

不知怎的，从烛麟说出这两句话后，人群像嗅到美食的蚂蚁，密密麻麻地开始多了起来，身边的议论让我想遁地而逃。我微微侧转身体，对着教室内的烛麟做了个咬牙切齿地警告表情。

落樱女
四季歌
The girl and the
four seasons of
cherry trees

他云淡风轻地看着我，耸耸肩，对自己的恶作剧很满意。那一刻，他像极了那只同样喜欢捣蛋的狐狸犬，眼里哪还有半分冷漠。

丢脸丢成这样，换作别的女生估计早哭了出来。我脸皮厚，压力之下，心里只是很紧张，小腿有点儿发抖。

过了一会儿，顾不上别人是什么反应，我深吸一口气，下意识地闭了闭眼睛，拔腿急匆匆地往厕所方向奔去。

02

一想到被这个平日里不说半句话，一说话就置我于难堪的人戏弄了，我就非常急切地想要找他报仇。可是想破了脑袋，我发现我不能把他怎么样。

放学后，周遭的景物看起来令人烦心，整个下午同学们的私语和看向我的各种目光，简直让人分秒难熬。

六点的钟声又在特伦市区的中心广场响起，下了公交，走进绿绮小区，我看到烛麟站在绿油油的爬山虎下等人，破旧的老城区掩盖不了少年耀眼的光芒。风吹起他的发梢，他看向围墙那边的白色欧式建筑，夕阳剪影下的身影，看起来有些孤独。

我一腔怒火正找不到人发泄，看到他如此悠闲，我顾不上会有什么后果，赶紧走过去，挑衅地问道："你是来体验贫民窟的生活吗？难道戏弄我你觉得很有趣吗？"

他倒是一点也不生气，从口袋中拿出一个东西，递到我眼前。

"什么东西？现在想起来贿赂我了？我告诉你我不是那么好打发的，就算你想道歉现在也……"我不悦地嘟囔，原本高昂的抗议声在看清他手中的东西时，渐渐小了下去。

他骨节分明的食指上挂着一颗深蓝色的精巧小石头，石头通透圆润，幽蓝

如海，包裹在一层淡淡的萤光中，用一根几乎细不可见的银色丝线穿着。

"这是什么……"我好奇地问，仔细地观看着他手上的小石头，第一眼已经心生欢喜。

"分离出来的灵石。"他轻轻一挑眉，饶有兴趣地回答，好似我的反应在他意料之中。

"灵石？干什么的？你哪来的这东西？"我抬起头，一眼看到了他脖子上戴着的饰物，和这块小石头如出一辙，只是大了不少。

"它有助于你的睡眠和健康。"烛麟想必是习惯了我的"连珠炮"问题，没有多回答我的话，而是将小灵石放到了我的手上。

我的内心在告诉我，不能屈服在一块来历不明的小石头下，可是我的手却不听使唤地握住了这块小小的灵石，凉凉的感觉从掌心传入心脏，心情没来由地平静了下来。

这块灵石仿佛有生命般，抚慰了我焦躁的情绪。

我捧着灵石，看着他转身，想说谢谢，却怎么也开不了口。凭什么说谢谢？这是他在负荆请罪，应该的。

话是这样说，我心里到底过意不去，一事归一事，学校的事他有错在先，现在来送东西表达歉意了，我太过傲慢就是没教养了。

"哎……"我犹豫地叫住他，他看了我一会儿，我仰头对天，漫不经心地说，"我是勉强收下的。"

"嗷！"烛麟没有说话，倒是斜上方阳台的诞，煞风景地冒了出来，冲我叫道。

"嗷什么嗷，你是狗，会不会叫，要汪汪汪！汪汪！汪……"我手隔空指着它戳啊戳，纠正它的口音，告诉它作为一只宠物最基本的素养。

烛麟看着我，突然轻轻地笑起来。

落樱
四季歌
The girl and the
four seasons of
cherry trees

　　这是这么久以来他第一次对我笑，我有点不好意思，两颊飞起红云，咬了咬嘴唇，握着他送的礼物，逃似地冲向楼道口。

　　我在干什么！我在学狗叫？

　　"唔……"我飞快地逃回家，扑倒在沙发上，将头埋在松软的抱枕里，感觉今天出门不利，没脸见人了。

　　"苏荷叶你要死了……"心脏乱了节奏在怦怦地跳动，我抓狂地拍打着柔软的沙发，闷闷地骂自己，脸上的红潮一阵一阵地扑来，我感觉自己简直要羞愤而死。

　　我为了教一只宠物素养，丢掉了自家做人的尊严，重点是这一切还被一个戏弄过我的少年旁观，这个不争的事实让我无地自容。

　　Met you by surprise, I didn't realize

　　无意中遇见你，我并不了解

　　That my life would change forever

　　生命将从此改变

　　Saw you standing there

　　看见你伫立

　　I didn't know I cared, There was something special in the air

　　我不知道我会在意，空气中那种特殊的新奇

　　……

　　对面浪漫温柔的英文旋律在傍晚的空气中徜徉，男歌手低调磁性的嗓音，仿佛在诉说着一个缠绵的老故事。

　　我还是第一次听见烛麟放音乐，在这个安静的黄昏，歌声听得我的心酥酥麻麻的。

　　我走出去，看到他坐在对面阳台的椅子上，交叠着双腿，一只手端着咖啡喝着，另一只手翻着摊开在双膝上的书，一派优雅绅士的模样。

　　在他身后的客厅，带有年代感的留声机徐徐地在转动，诞追逐着一团毛线来回跑动。

　　丢脸的那一幕又浮现在我的脑海，我真希望他忘记了。

　　看到我出来，烛麟停下准备翻书页的手，专注于书本的眼神投在了我的脸上，眸子一改往日的清冷，有了暖意。

　　他微微朝我一笑，算是打过招呼。

　　说起来我们有几天没碰面了，在学校里我低头走路，在教室里我低头算题，尽量减少与他视线相撞的机会。班上关于我的流言蜚语慢慢淡去，新的八卦谈资开始充斥在耳边，让我省了不少麻烦。

　　我咳了两声，打破尴尬："上次老师叫我去办公室，说我和你的家庭资料遗失了，需要各自补交一份，你整理好了给我，我一起送去。"

　　他点点头，端起马克杯，表情有一刻短暂地停留在我的锁骨上，他看着我，喝了一口咖啡，道："项链很好看。"

　　听了他的话，我低头，手不自觉地摸向脖子上的灵石，今天洗完澡戴上的，觉得好看便没有摘掉。

show me what to do

告诉我该做什么

I feel something special about you

我好感触到你那种特殊的存在

Dreams are my reality

梦境是我的真实

……

落樱少女
The girl and the
四季歌
four seasons of
cherry trees

　　缓缓的歌声唱出了我的心声，我又想起了那晚遇到的少年，心里挣扎了很久，我决定暂时放弃追问这个问题的答案。

　　这几天我想通了，是不是他又和我有什么关系呢？我们除开邻居和同学这两层关系，连朋友都说不上。何况他并没有对我的生活造成影响，我为什么非得为难人家？

　　"今晚做夜宵哦，有没有人要吃呀？"我故意对着客厅大呼，果不其然，追着毛线团的诞，听到这句话闪电一样出现我眼前。

　　"嗷嗷嗷。"它张开爪子，恨不得能开口说话。

　　我探着身子，忽略掉它快滴到地板上的口水，一脸可惜地看了看左右："我说的是人，狗可不包括哦，楼上的，楼下的，有人要吃吗？"

　　"没有人啊，那我一个人吃了。"我惋惜道，烛麟虽然学会了做糕点食物，但是没见他下过几次厨，我真不清楚他怎么生活的。

　　人不为食，天诛地灭。

　　03

　　诞自然很久没吃过我做的美食了，也不知道烛麟施了什么魔法，它竟然乖乖地不敢偷吃了，嘴馋的时候，顶多跑到我家，可怜兮兮地盯着我。

　　"嗷！嗷呜。"它极力叫着引起我的注意。

　　我想逗逗它，想了一会儿，对它提出一个建议："要不，你好好地叫几声我听听，我听着高兴的话，指不定怎么赏你，好不好？"

　　诞呜咽两声，脑袋往左一偏，拒绝得十分坚决。

　　烛麟合上书本，抬头望向了亮着灯的街道，热闹的马路上灯火辉煌，整条街的商店都开着门，行人犹如一条条银色的枪鱼，穿梭在璀璨的灯海里。

　　他仿佛听不见我和诞的玩闹，目光透过街市，遥望着远处的天空，似乎在

思考什么。

"汪汪汪……"

不甘心的叫唤声拉回我的神思，我的注意力从烛麟的身上转移到诞身上，烛麟跟我一起看向它，眼神里藏着轻蔑和戏谑。

"乖啦，哈哈。"我高兴地笑起来，终于让这个家伙服软了，我指指厨房，要它随我进来，"请吧。"

它打了两声喷嚏，眼睛里迸发出一道奇异的光，在我的邀请下，灵活地跳到了我的面前，大摇大摆地朝厨房奔去。

我想问烛麟要不要一起过来，一抬头，他已经拿起书本往卧室走去了，马克杯里的咖啡已经不再冒着热气，孤零零地被遗忘在桌上。

猜不透他的心思。

我叹了一口气，迈开步子去厨房解决诞的晚餐了。

第二天我去学校，发现桌上多了一份文件，是烛麟给我的家庭资料。

快速地扫过去，资料简单得出奇，我一眼便看到了"孤儿"两个字，在洁白的纸上尤为刺眼。

没有父母，没有经历，只有简单的性别、年龄，现在的家庭住址，最后的备注上加了一条"朋友，一只宠物。"

眼角余光不自觉地朝角落瞥过去，那里位置是空的。烛麟今天没来上学？或许给我送完资料就回去了？他病了吗？

我呆呆地看着这张单薄的纸，胡思乱想着，心里竟有几分难过。

对比自己，出生背景大体差不多，父母早亡，住址遥远，但至少家人那栏还有爷爷的名字，想到爷爷，我的眼神变得柔和起来。

爷爷管着祖传下来的药房，我随爷爷在小山村长大。湛卢和我一同生活在

小山村，小时候他身体不好，常常来药房看病买药。山村里医疗水平落后，去大城市看病花费高，路程又远，湛卢父母于是支付了一笔报酬给爷爷，让湛卢住在了我们家，平日接济着我和爷爷的生活，拜托爷爷照顾湛卢。

一来二去，体弱多病的湛卢与年幼无伴的我慢慢成了朋友。后来，我们长大了，离开山村，来到特伦市上学读书，渐渐地融入了这座城市，成了离家的异乡人。

出来这么久，是该回去看看了。

下个星期是小长假，我打定主意，到时候约湛卢一起回去。

很早之前，我就想给爷爷买手机，方便我们联系，无奈那时候撞破了学院楼的青花瓷花瓶，赔光了积蓄不说，还欠了湛卢的钱。

这些事我不想告诉爷爷，虽然他每月会让人帮忙替我打生活费，但潜意识里，我还是不希望增加爷爷的负担。

爷爷已经老了，我该为他分担些压力了。

到办公室交完资料，一整天我都心不在焉。熬到放学，我一刻不停地朝车站奔去，回到小区，朝烛麟家跑去。

按了半天门铃，没人开门，就连诞也不知道去了哪里，我没有烛麟的电话，也不认识他的其他朋友，在门外等了一个多小时，我才担忧地回家。

晚上从阳台看过去，对面一片漆黑。

也许是有什么事吧？我心里想着，一整晚在担忧中睡去。次日，去上学前，我特意绕到烛麟必经的路口，等了很久也不见他出来。

他和诞好像昨晚没回来。

奇怪的是，接下来一个星期，对面都毫无动静，不知道他们发生了什么事。我在疑惑和担心中，迎来了和湛卢约定好的小长假。

见到湛卢，他穿着一身灰色的运动装，背包鼓鼓囊囊的大得离谱，背在他背上活像一只乌龟壳。

"你搬空宿舍啦？"我绕着他走了一圈，低头戳了戳他的书包，只是回老家一趟，他却像是要徒步远行。

湛卢回过头，露出一个大大的笑容，催促着我往前走："你管我，走走走，车多人多，我们快去车站。"

"你别推我，我自己会走。"我感觉自己像个拖把一样被他拖着前进，于是挣脱开他的手，去拦出租车。

拦到车，湛卢叽叽喳喳地说起学校里的趣事。我没闲情理会他，看着外面一闪而过的行人。从出租车上下来后，我们往车站方向走。

这里离市中心很远，车辆拥挤，为了早点上车，我和湛卢按照惯例，从一栋居民区穿过去。

我们在七拐八绕的巷子里穿梭，为了隔绝湛卢聒噪的声音，我拿出耳机听歌，一路加快脚步往前走去。

"小叶，你等等我。"湛卢背着沉重的书包，想追上我的步伐，他微微叉腰俯身，看着我，喘着粗气。

"哈哈，叫你背那么多东西！"我回过身，幸灾乐祸地看着他额头上的汗珠，我倒退着走，继续打击他，"来呀来呀，快点跟上。"

我一路与他打闹，没有注意到危险的来临。通往大道的一个转弯口，视线的死角处，一辆红色的跑车疾驰而来。

红色的跑车怒吼着，引擎发出剧烈的嘶吼声，我脑海中一个惊雷炸响，条件反射地往声音的方向看去。

车子快速地朝我冲来，车窗内年轻美丽的女孩，想必没有料到会有人从这个路口出来，她同样明白即将发生什么，用尽全力打着方向盘。

轮胎剧烈地摩擦着地面，刺耳的刹车声在我耳边响起，刺鼻的汽油味道传到了我的鼻子内，我瞳孔一阵紧缩，一瞬间嗅到了死神的味道，快速地躲避后退，脚下一个踉跄摔在地上。

疯狂的跑车紧紧地贴着我的身体开过去，尖锐的刹车声过后，车子倾斜地停在了路边。

好险！我和车内的人同时松了一口气。

"小叶！"

耳边传来惊恐的喊声，刚才的一瞬间，我与死神擦肩而过，我的胸膛剧烈地起伏，慢慢才恢复了生命的知觉。

我心有余悸地朝湛卢看过去，他的视线掠过跑车，看到跌坐在地上的我，几步跑到了我面前。

"你怎么样？没事吧？"他眼中全是焦急，看到摔在地上的我，心里慌了，他心疼地将我扶起来，检查着我有没有受伤。

"我没事……"我怕他担心，朝他露出一个微笑，可是脚踝处的疼痛让我皱起了眉头，"好像崴了脚。"

湛卢扭头看了一眼跑车，让我站稳，脸色铁青，怒气冲冲地朝跑车走去："太过分了。"

车窗摇了下来，一张白皙美丽的年轻面孔露了出来，她戴着一副遮住了半张脸的墨镜，脖子上的宝石项链和手腕上的钻石手链，都在太阳底下闪着耀眼的光。

一看就是富贵人家的大小姐。

"你差点撞死她！"湛卢可怕的眼神在女孩的脸上闪过，她的眼神藏在墨镜下，让人看不清楚，但随即她说出的话，让湛卢握紧了拳头。

"不是还没死？"女孩面容稚嫩，吐着冰冷的语句，她的视线透过湛卢落

在打量着她的我身上，粉红的嘴唇挑起一丝冷漠的笑。

心脏一阵冷寒，我因她的残酷感到反感。

04

"你这人怎么这样？死了你就满意了？这是什么强盗逻辑！"湛卢被女孩的话气到满脸通红，急促起伏的呼吸声，隐含着他快要爆发的火气。

"你们这样的我见多了。"她将墨镜往鼻梁下推了推，轻蔑地看我们一眼，低头从皮夹里抽出几张钞票伸到车窗外，老气横秋地轻笑着，"够吗？不够你说个数，我还有事，没那么多时间跟你们耗着。"

她的这种行为让我十分反胃，甚至感觉到恶心。

"道……歉！"湛卢紧紧攥着拳头，脸红脖子粗地朝女孩叫道。

"湛卢，算了，我不想追究了。"我叫住欲与她争辩的湛卢，他气呼呼地转头看向我，忍不住瞪了我一眼，不同意我这么大方。

我定定地看着他，声明自己的立场："我说算了。"

湛卢十分坚持："不，我要她道歉。"

而听到我们对话的女孩，见我们没有收钱的意思，将钱放回皮夹，故作惊讶地轻呼："不收那就算咯，我走了，拜拜。"

说着，引擎声响动，她迅速地启动车子，向前开去。

"可恶！你给我回来！"湛卢毫不犹豫地就要去拦女孩的车，却被扬起的灰尘扑了满脸。

"没教养的女人！要是被我逮到，你就死定了！"湛卢对着女孩的车尾破口大骂，只见那辆红色的跑车很快开出一段距离，消失不见。

湛卢不停地在那里走来走去，像一只迷路的蚂蚁。

我笑了一下，知道他是为我打抱不平，不过只崴了脚，没出大事，已经很

幸运了。

"你还要在那里转多久呀？"我笑眯眯地看着他说，"再耽搁下去就赶不上车了。"

湛卢正了正脸色，朝我走来："就你心大。"

他拿我没办法，看我没把这件事放在心上，湛卢一边走一边把书包反背到身前，走到我面前，赌气一般蹲了下来。

"干吗呀？"我无奈道，受到惊吓的是我，差点被车撞的也是我，现在呢，他在这里哼哼唧唧的，我无语了。

"上来，我背你。"他闷闷地说，似乎还在生气。

我支支吾吾地有点尴尬，低头看着眼前这颗香菇一样的脑袋，心里突然乱糟糟的。

"啊——"我发出一阵哀号，在我思考的空隙，他见我无动于衷，抓起我的双手，一把挂在自己的脖子上，将我背了起来。

"哎，我不……"我左扭右扭，被他背着十分不自在，真是拿他没办法。小时候他常常背我，那已经是很久以前的事了，如今我们都长大了，我不习惯这般亲密接触。

我花了九牛二虎之力才从他背上爬下来。

"怎么了？"湛卢关切地问。

"我，我自己可以走。"我摇了摇头，不敢看他理所当然的表情。

"你受伤了。"他强调。

"没关系，我能走，呃……也不远了。"我一脸郁闷，不知道他是不是故意的，男女有别，他大大咧咧的不在乎，但我心里很别扭。

湛卢低头盯着我，眼睛里流动着些许我看不懂的微茫，他的注视让我有点心虚。

我低着头，迈开小碎步往前走去，留湛卢一个人在原地。

他万般护着我，认为我受了欺负，崴了脚不方便想背我，我应该开心的，可被他背起来那一刹那，我却十分慌张，好像在逃避什么。逃避？我到底在逃避什么呢？

走了几步，我心想着，回头看到湛卢站在离我身后几步远，一动不动，见到我走了，他呆了好一会儿才跟上来，不由分说地拿过我肩膀上的书包，背在了自己身上。

"谢谢啊。"我露出感激的笑容，心里过意不去。他安安静静地走路，不回我的话。

"我没事啊，脚没关系，回家抹点药就好了，你别担心了。"我为了让他安心，拼命赔着笑脸。

"这几天少走路。"他打断我的话测，领着我往车站口走去。

"哦！"我重重地点头，只要他不生气就好办了，看到他放慢步子等我一起，我没有多想，心里有几分感动。

回家的汽车载着我们很快就驶离了市区，郊区的景物在车窗外倒退，我想着苏家药房和爷爷，心里乐滋滋的，将之前异样的心思抛到了脑后。

而同时站立在沙滩边，面对着汪洋大海的少年，只感觉胸口忽然一痛，一股燃烧的刺痛感袭上心头，短短几秒又消失了。

他的手抚向胸口的位置，隔着单薄的衬衫，感受到了心脏剧烈地跳动。

一只狗迅速地跳到他面前的一块石头上，尾巴摇了摇，伸长脖子紧张地看着他。

"是灵石，刚感应到危险，现在没事了。"烛麟说着，拿起灵石看了看，幽蓝的灵石里面升腾起淡淡的火焰，现在已经渐渐熄灭了。

　　诞看着他恢复正常的脸，不由得松了一口气。这块灵石维系着烛麟的生命，很久很久以前它还是耀眼的红色，后来他被那个人类背叛，身心受到重创差点死去，为了让他活下来，诞消耗灵石的力量保住了他的命。

　　灵石最强的颜色是红色，最弱的是紫色，如今这块灵石变成了幽蓝色。它是一块续命之物，也是烛麟活下去的唯一生命源泉，容不得半点闪失。

　　"大方嘛，分离了一颗给那个女人。"诞回想起烛麟送灵石给苏荷叶，不满地摇头，仿佛从来没有认识这个人。

　　"是我欠她的。"烛麟嘴角浮现出一丝笑，又想起了那天她教诞学狗叫的画面，"一小颗而已，无妨。"

　　"无妨？"诞干笑两声，一脸不认同地看着他，"我可警告你，你可别忘了你现在这样子到底是谁造成的。你现在这病快快的模样，还不是一百年前那个人类……"

　　"诞，我不想提起那个人。"烛麟突然冷冷地打断他的话，"那都是过去的事了。"

　　"呵，过去的事……"诞接过了他的话，脸色充满了无尽的愤慨，但它还是直视烛麟的眼睛，告诉他一个事实，"我希望你不要重蹈覆辙，你太相信人类了，这一点迟早害死你。"

　　烛麟听懂了诞话语里的严肃和认真，身体僵住。

　　太相信人类，背叛，欺骗……

　　沈浩……

　　他曾经唯一的人类朋友，他内心深深的伤疤。

　　诞置身事外地看着表情恍惚的烛麟，知道他想起了尘封的往事。它舔了舔自己的毛发，看到烛麟好不容易回过神，于是强忍住质问的情绪，平静地说："你好自为之。"

"我有分寸，不会了……我没有忘记……"烛麟几乎是梦呓般说着，低沉的声音带上了伤感和失落。

诞闭上眼睛，在心里默默地咒骂着那个没心没肺的可耻人类。不知怎的，它想着沈浩，眼前浮现的却是苏荷叶的脸，这个像以前那样闯入了他们的生活的人类，简直阴魂不散。他们跑这么远来度假，苏荷叶还霸占着他们的思绪。

不想了，不想了，诞用力地甩了甩脑袋，在心里嘟嘟囔囔地哼声道："你敢伤害他，我就吃垮你报仇。"

我正听着歌曲，快要睡着时打了个喷嚏，耳边仿佛听到了一个阴冷的声音，我四下看了看，车子平稳地行驶在路上，窗外一片苍绿，晴空如洗。

或许是梦吧。

偏头看了眼湛卢，他睡得酣甜，我抿了抿嘴唇，再度闭上了疲倦的眼睛。

05

毛茸茸的感觉挠得我鼻子发痒，不用想也知道是湛卢。

"阿湛，别闹……"我被他闹得不耐烦，去挥他的手，却什么也没挥到。

耳边阵阵轻笑，没多久，我感觉脚腕处清凉凉的，下意识地缩回脚，睁开眼，慢慢地看下去，湛卢蹲在我的脚边，正往上面抹着药膏。

"呀！"我倒吸一口冷气，发出一阵痛吟，湛卢捉住我不停躲避的脚，将它老老实实地抓在自己手上。

"药膏是我问车上的一位大叔借的，真是拿你没办法，崴了脚还睡那么香。你看看，乌青一块，不怕肿成猪蹄吗……"他轻轻揉着我的脚踝，我龇牙咧嘴地不敢叫疼。

"你比我睡得更像猪。"我有点无语，气呼呼地瞪着他的脑袋顶，恨不得瞪出一个大洞来。

他抹完药，起身去还药膏，白了我一眼："好男不跟女斗，收拾下，我们快到了。"

"哦。"我撇撇嘴，活动了下脚踝，奇了，没那么疼了，看来这小子推拿手法不错嘛。

我笑眯眯地看着他回到座位上，广播里响起报站的声音，旅客们窸窸窣窣地整理衣服和行李，准备下车。

"傻了你，笑个不停。"湛卢扯了下我的马尾，说着去拿我们头顶置物架上的书包。

我们一行人下了车，清新的空气扑面而来，我晃了晃脑袋，使劲呼吸着，心里雀跃不已。

"哇，还是家里的空气好呀。"我挥舞着胳膊往前面跑去。

"慢点儿，不要命了。"湛卢背好书包，连忙来追我，责怪地大喊，"跑慢点！"

我转过身来，双手在嘴边围成喇叭状，摇头晃脑，咯咯笑道："别叽叽歪歪，我要快点回家！"

湛卢叹了一口气，像要说什么又忍住了，他看着我的笑脸，无奈地说："你等等我。"

我像从笼中飞出的百灵鸟，飞快地跑在这片生我养我的土地上，崴了脚的事早忘在了兴奋和喜悦中。沿着小路往不远处一间房子走去，青砖白墙的院子进入我的视线，远远便闻到了浓郁的肉香味。

视线移到大门口的一排枣树下，有一个人微微佝偻着背，不时往墙上敲着一杆长烟斗，眼睛正不停地往我这边看。

"爷爷！"我高兴坏了，一阵风似地跑到了他身边，猛地扑进他的怀里。

"我的丫头，你舍得回来了。"爷爷笑得嘴都没边了，花白的胡子一抖一

抖，伸出一只手摸着我的额头，"高了，长高了。"

"阿湛也来了。"我回头，笑嘻嘻地将落后我一大截的湛卢指给他看。

"好好好。"爷爷应着，往我身后看。

乌龟一样的湛卢从后边跑上来，他的目光牢牢地盯着我，喘着气对我喊："苏荷叶！你是兔子吗？"

"对呀对呀。"我从爷爷的怀中探出脑袋，脸上保持着坏笑，湛卢抬头看了看我，一脸鄙视地将书包从肩膀上拿下来。

"爷爷，我买了好多补品和药材，都是您这里缺的。"他变脸跟变天一样，立刻堆着笑脸拉开拉链，将里面的东西给爷爷看。

爷爷帮他提沉重的书包，责怪地数落他："你这孩子又乱花钱，你家里送来的礼品，我老头子几年也吃不完哟。"

"多吃几年就吃完了。"湛卢抢过书包不给爷爷，抱起书包往屋内跑去，一边嗅着空气中浓浓的肉汤味道，"好香！晚到的没得吃咯。"

"你给我留点！"我看着他猴急的模样，想到以前他的饭量，着急地追着他去。

"都有，都有。"爷爷在我们背后爽朗地笑。

爷爷做的肉汤是一绝，小时候湛卢生病不爱吃饭，只要爷爷做肉汤，他准能从床上爬起来喝一碗，我不能和他抢，每次就站在旁边，张着嘴巴盯着他喝，他喝一口，我咽一下口水。后来湛卢明白了爷爷是特意为他煮的汤，看到我馋，便懂事地喝了半碗就说饱了，无论如何也要将剩下的给我。

我最开始去外面读书，看到橱窗内的精美蛋糕，被吸引得挪不动脚，那些精美的糕点太贵，于是我自己学着做，一次一次的尝试，没想到最后练得手艺丝毫不输店里卖的，想必这也是诞贪吃我的食物的原因。

"阿湛你明天回家吗？"我夹着菜，看了眼旁边的湛卢，他将汤喝得呼噜

直响，像一头饥渴的黄牛。

湛卢喝完汤，用袖子抹了抹嘴角，用鼻孔对天，不满地哼哼："啧，赶我走啊，爷爷都说让我住两天了。"

"啧，没皮没脸，如今不比以前，我们的开销可大了，你要住这儿可以，交房租水电伙食费吧。"我说着放下筷子，摊开一只手，学着包租婆的口气逗着他。

"你怎么……谁来了？"湛卢看着我准备说话，门外有重重的脚步声，他话到嘴边，扭头往门口看去。

来人一身中山装，挂着一根龙头拐杖，国字脸，厚嘴唇，眼睛眯起的时候透着阴鸷，他走过堂屋，跨过偏厅的门槛，一步一步朝我们走来。

正笑着看我们斗嘴的爷爷马上起身扔下筷子，一脸惊喜地迎上去："云羡你怎么来了？"

我回头，看到是二爷爷，急忙起身礼貌地叫人："二爷爷。"

他没有回应我，目光细细地打量我，眼神里写满了嫌恶和恨意，我被他看得心里毛毛的，以为做错了什么事。

"你也来了？"他质问的语气冷得如冰山寒潭。

"啊，我……"我支支吾吾的，每次看到他我就从心底感觉到害怕，从小他就不喜欢我，对我说话总是阴阳怪气的，这么多年了，我一直想不通哪里得罪了他。

下一刻，二爷爷冷哼一声，并不想听我的回答。湛卢因为他对我的态度，自小也不跟二爷爷亲近，他头都快低到饭碗里了，正用力地扒着碗里的米饭。

"云羡我们这边说话。"爷爷饭也不吃了，拉着二爷爷往药房走，看来并不想让我们待在一起。

"小叶，想不想跟过去看看？"湛卢抬起头对我说，用眼神示意我看爷爷

和二爷爷，他们走出堂屋，跨进了对面的药房，像在回避什么。

我摇了摇头，不想被爷爷骂。

"得了吧，你脸上明明写着'想'这个字。"湛卢眨眨眼，一脸神秘地从椅子上下来，拉着我往外面走，叮嘱我，"我们小心点，不会被发现的。"

我跟着他，猫着腰绕到药房后面的窗户下。湛卢将窗户轻轻推开一条缝隙，小声招呼我过去。我爬上台阶，和他一起躲在窗户下，悄悄地观察着里面的动静。

从这个方向看去，爷爷背对我们坐着，二爷爷坐在他斜对面，脸色看起来很不好。

"你还养着她，你忘了苏瑞和阿穗怎么死的了？啊？"二爷爷拍着桌子，震的上面的茶杯差点掉下来。

"云羡，都这么多年了，瑞儿他们也是罪有应得，发生车祸谁都不想的，你不能……"爷爷试图安慰他，语气中有一丝苦涩和悲痛。

偷听到他们谈话的湛卢，皱着眉看向我，我也一头雾水。二爷爷口中的人应该是我的父母，可是我父母不是在我年幼时，死于交通意外吗？怎么他现在又提起来了？

"车祸！当年的车祸就是一场阴谋！"二爷爷激动地站起来，完全不认同爷爷的话，他指着头上愤愤不平，"你胆小怕事不追究，我苏某人没你这么大的气量，苏家人不能枉死，列祖列宗们在看着！"

我的大脑飞快地转动，手不自觉地颤抖着，我似乎听到了什么不可告人的秘密。

"他们的小崽子不是长大了？这是一张好牌啊。钦羡，你不要妇人之仁，我们的机会……谁在外面？"二爷爷越说越兴奋，眼神里透出一股阴狠，他话还没说完，我因震惊和慌张后退，不小心踩响了一根枯枝，二爷爷警觉的目光

看过来。

我和湛卢惊慌地四目相对，一时间手足无措。

而对于一切秘密的泄露，往往意味着真相被揭开，意味着残忍的事，会一件件接踵而至。

我只是没想到，这个真相如剧烈的病毒，在以后的岁月入侵了我的生活，腐蚀了我的心，让我鲜活的心脏开始分离、碎裂，痛不欲生。

第三章：

血樱舞·记忆

01

湛卢拉着我快速地撤离，刚从屋后跑出来，大门猛地被人从里面一把推开，二爷爷眼尖地盯住我和湛卢。

"你们给我去哪里？回来！"二爷爷恶狠狠的声音听得我打了一个寒噤，他用力地敲了下拐杖，吓得我和湛卢动也不敢动。

怎么办怎么办……

湛卢和我心里都没了主意，我们站在原地，有默契地不回过头，根本害怕去看二爷爷现在的表情。

"小叶小卢你们两个还不过来。"我正思考何去何从，爷爷一声威严的叱喝，让我不敢打什么鬼主意了。

"爷爷……"我脸色逐渐变得苍白，双手无助地垂在身体两侧，僵硬地转过身，深深地吸了一口气，不情愿地往回走。

"你刚听到了什么？"二爷爷审问的语气听得我非常不满，好像在他面前的我，不是亲人，而是一个十恶不赦的犯人。

我抬起头，眼角微微一动，二爷爷用恨恨的目光看着我，毫无亲近可言，我满脑子都是二爷爷对我的冷漠嫌弃，心里一阵阵刺痛。

他真的非常讨厌我……

想起这么多年的委屈，我的倔劲一下子冲上来，扭头问爷爷："爷爷你告

诉我，我爸妈到底是怎么死的？什么罪有应得，什么阴谋，什么机会，你们到底在说谁？"

"你别听你二爷爷乱说，没有的事。"一向和蔼的爷爷听到我的质问突然动了气，湛卢走上来和我并肩站在一起，拉住我的手，默默地给我勇气。

"二爷爷为什么这么讨厌我？是不是因为你们说的这些事？我不明白。"风吹着我的衣裳，我的心和风一样冷，坚持地喊道，"告诉我！"

"云羡！"

"小叶！"

"啊！"胳膊上传来疼痛，我本能地发出叫声，偏头看向二爷爷，他扬起的拐杖还没放下去。

"您怎么能打人？"湛卢护在我身前，有些着急地喊道，说着他的眼睛直往我的胳膊上看，"小叶你疼不疼？"

我和二爷爷彼此对视，眼睛里都充满了复杂的情绪。

爷爷的眼睛不肯离开那根拐杖，他情急之中退下一步台阶，拉开我和二爷爷的距离，然后看了一眼我的胳膊，表情像是受到了惊吓："小叶你回学校去，明天一早就走，家里先别回来了。"

"我不回去。"我强硬地挣脱开爷爷的手，眼神依旧盯着二爷爷，我有预感二爷爷对我的态度与他们的谈话有关，当年的车祸也另有隐情，恐怕我的身世都有待考究。

不管怎么样，上一辈有什么样的恩怨，作为亲人的二爷爷，没有理由这么厌恶我，除非……除非他有必须仇视我的理由，比如仇恨、报复。

对，一定是这样。

"听话！"爷爷抓住我的胳膊，生气地朝我怒喊，他用一种不允许反抗的

眼神看着我，第一次这么凶狠地对我说话，我鼻子一酸，眼泪一下子没出息地涌了出来。

我拼命地甩开他的手，转过头一脸伤心地看着他，呜呜地哭起来。坚守的防线全部崩溃，连抚养我长大的爷爷也变成了这样，我果真这么令人生厌吗？

"我讨厌你们！"我急促地呼吸着，带着哭腔大喊道，心里说不上的难受，理智和坚强全都消失不见，擦着眼泪就跑开了他们身边。

身后湛卢大喊着我的名字，我嘴巴无比苦涩，风灌满我剧烈跳动的胸膛，我的大脑一片空白，飞快地离开苏家药房，沿着回来的路一路狂奔而去。

我仰起头看着天空，眼睛里像盛满了海水一样难受。

我一直没有跟其他人说过，小时候一打雷我就哭，湛卢笑话我胆小，我狡辩说我眼睛里装满了海水，等到有一天它们流尽了就不会哭了。

现在这些翻腾的海水，似乎全都要跑出来了。

我离开家里，躲去了后山，一个人都不想见。

后山是块未经开垦的山地，生长着高大的树木，交相掩映，阳光很难投进来，沿着小溪往东走，尽头是一方野生的红莲池。这个季节没有莲花，莲叶呈凋敝的状态。

我坐在一块青石上，关了手机，脚一下一下蹭着绿油油的青苔，往池子里扔石子，缓解着烦闷的心情。

咕咕，咕咕……

不知名的鸟在头顶鸣叫着，显得寂静的林子愈加死寂。从这个角度，我可以清楚地看见对面光线穿过树叶落在灌木丛里。

"唉……"我盯着光线里漂浮的尘埃，扔光了手中的石子，双手托腮，开始数落在地上的松果。

嗷嗷呜……

刚数到"13"，对面突然冒出了奇怪的叫声，灌木丛不停地抖动，有什么动物快速地跑了过去。

它朝林子深处奔去，我擦了擦眼睛，站起来去寻它的踪影，林子空隙间一只白色的动物急忙逃跑，狼狈的样子让我想起了某只宠物。

"臭蛋？"看到那个熟悉的家伙，我想叫住它，却听啪嗒几声，它转眼就跑得没影儿了。

我捡起一块石子，用力地砸过去，想确定它是不是躲了起来。

好久没有见过它和烛麟了，难道他们在这片山林？我为自己疯狂的想法感到可笑，我回头看着静悄悄的山林，空无一人。

我又等了许久，还是没有听到任何声响，连鸟也不叫了，刚才一晃而过的身影仿佛是我的幻觉。

"或许看错了……"我咬紧嘴唇，有点失望，跑出来这么久，估计湛卢和爷爷急坏了，我朝对面看了几眼，恋恋不舍地往回走。

外面天色黑了，周围笼罩在昏暗的光线中，一片黯淡，我低着脑袋，垂头丧气地走出了林子，走在回家的路上，心冷冷清清的。

远处的树枝上坐着一个少年，像孤独的飞鸟，又像单薄的风筝，安静地落在高处，忧郁寡言，他被包裹在淡淡的光线中，远远地望着底下独自一人的少女行走在偏僻的小道上。

傍晚很宁静，葱郁的山林看上去还有几分可怖。他沉默了一会儿，目送着少女走过黑暗，走到了路灯照射的地方，那双眺望的眼眸才缓缓收了回去。

诞腮帮子塞满了吃的，顺着树木，像灵敏的猴子一样，几下爬到了少年坐着的树枝上，定了定心神，边嚼边庆幸："好险……咔嚓……差点被发现了

唔……咔嚓嚓……"它含糊不清地吐出几个字，一直在咔嚓咔嚓地嚼着松果。

烛麟看了它一眼，它的嘴巴太小，吃的松果太多，口水顺着合不拢的下巴流了下来。

"怎么了？不是担心她，来了又不去见她……喂，你去哪儿？"诞有点茫然地看着烛麟，看到烛麟敏捷地跳到另一棵树上，踩了几个树丫，稳稳地落到地上往前走去。

"等我啊！妈呀……"见烛麟要丢下它，诞几口咽下松果，抱着树干，劈开双腿，眼睛一闭，用最快的速度就滑了下去。

我正低头走路，潜意识里又听到了诞的叫声，眯着眼睛回头看去，暗沉的光线下，静谧的山林像一张怪兽的脸。

果真太想它了吗？

我满腹疑问地回过头，再也不看身后一眼，加快脚步往家里走去。

02

回到租房已经是第二天傍晚。

我推开门，湛卢将我的行李拿到屋内，走去餐厅找水喝，他渴坏了，拿到水壶，就着壶嘴咕噜噜地喝了个精光。

还没来得及告诉他，那是三天前的茶水。

我把背包里的衣服拿出来，叠好放进柜子里，又装了一壶水，插上电烧着，鞋子都懒得脱，倒在沙发上长舒一口气。

湛卢自顾自地在我的屋子里走来走去，目光所到之处点点头，他一手摸着下巴，语气很意外地问："想不到挺干净的嘛。"

我闭上眼睛，然后若无其事地点头："嗯……"

"哎，说真的，小叶你干吗不住宿舍？"

"宿舍更贵啦，这是老城区，租金便宜。"

"这样啊，难怪了，我学校离你远，不然我也想搬你这来住。"

"千万别，你三天两头来我这儿，我可受不了。"我脱掉鞋子，揉着脚心，平时不喜欢出去，回家一趟，整个人特别累。

听了我的话，湛卢不满地冷哼，看到我在揉脚，他关心地问："上次崴了脚，好些了吗？"

"好了。"脚是好了，心里却被划伤了。

昨晚回到家，爷爷关上门睡了，完全看不出会担心我，而二爷爷也直接开车回了家。听湛卢说，二爷爷这次是因为身体不好来爷爷这拿中药的，没想到会见到我。

水烧好了，湛卢将水倒进暖水瓶里，给我和他自己各倒了一杯开水，叹了口气："小叶，你的家事，我不好插手，但是我相信爷爷是爱你的，这次的事，你不要太放在心上。"

"什么叫不放在心上，针没扎在你身上你当然不疼。"

我没心没肺地说出这句话，没注意到湛卢脸上受伤的神情，他随即收敛了神色，望着对面陷入了沉思。

见他露出这种表情，我发觉自己说错了话，顿时感到语塞，捏了捏掌心，准备挽回一下。

就在这时，湛卢突然开口了。

"对面那户人家朝你这看了很久，你认识吗？"

"啊……认识的，同班同学……呃，朝我这看？"我往烛麟家看去，诞在阳台上围着花盆转来转去，烛麟提着花洒，在给花浇水。

他们回来了？什么时候的事？

我精神抖擞地爬起来去阳台，看到我出来，烛麟对我淡淡一笑，我笑嘻嘻地打招呼："好久不见。"

"嗷嗷嗷！"诞用爪子玩着土里的蚂蚁，看到我也兴奋地叫道，我挥了挥手，朝它飞了一个吻。

"他是你朋友？"湛卢跟着我出来，目不转睛地望着烛麟浇花，表情若有所思。

"嗯！算是。"我还在见到他们的喜悦中，眨了眨眼睛，极为高兴地回答，不过烛麟不停地给那一盆茶花浇水，不会浇得有点多吗？

"算是？"听了我的话，湛卢眉头皱成一团。

"哎呀，你别管了，以后跟你说。"我看着他说完话又不自觉地把头转开了，朝烛麟粲然一笑，提醒他，"哎！别浇啦，要被淹死了。"

烛麟抬高的手臂往下一压，停住了，水壶的水不再洒出，他移了一步，看了我一眼，听从地换了一盆植物。

粗心的我，丝毫没有发觉自己看向烛麟时，那种发光的眼神有多么温柔，以至于目光始终在我身上的湛卢，心中的失落散了一地。

他抿了下嘴，眼神看向了别处，轻声地催促："进去了，我该回去了。"

"啊？哦，好。"我点点头。

告别的时候，湛卢笑着想要给我一个拥抱，我下意识地推开了他，勉强地笑着说"我不习惯"，我看到他的眼底，藏着我看不懂的悲戚。

明明隔得很近，却似乎永远走不到心里。

我就像一个傻子一样，大大咧咧地赶着他快走，门关上的那一刹那，我看不到这个温柔过我回忆的少年，他那颗纯真无邪的真心，碎了一地。

没有去猜测湛卢的心，我的心思全在二爷爷说的话上。如果不回去这一趟，我不会偷听到二爷爷和爷爷的对话。

对于父母，我毫无印象，甚至和他们一张合照都没有。从我记事起爷爷就告诉我，我爸妈死于意外，现在二爷爷突然跳出来说那都是阴谋。阴谋是什么？在这场阴谋中，我又扮演着什么角色呢？当年到底发生了什么事？

还有一点很奇怪，二爷爷住在离山村很远的市里，听说爷爷以前是和他住一起的，他们关系不错，走动得频繁，但是打小二爷爷就不抱我，跟我说不上几句话。从爷爷住进偏僻的山村起，二爷爷每次来看望爷爷，都要开车来。

二爷爷自己没有孩子，没道理对我这么冷漠。难道……我真的和他有仇，碍于爷爷的面子他不能报仇，只能恨着我？

这几天我一直分析着这些事，上课常常走神。

我太想弄明白这些事了。

这个想法从我做了一个噩梦后，在心里变得越来越强烈，那个梦仿佛在召唤着我去追寻被掩埋的真相。

说起那个梦境，时间要回到去年冬天，一个星期五的晚上——惊魂的雷雨之夜。

进入寒冬季节以来，晴朗的天气成了一种奢望。天气很差，电闪雷鸣，放学后我急匆匆地回了家。

衣服被雨淋湿了，洗完澡吹干头发后，我就爬上床睡觉。

刚睡着，一个梦如幽灵般飘了进来，梦中同样下起了倾盆大雨，四周雾气茫茫，不知道是在什么地方，我光着脚走在雨中，不知道自己从哪儿来，要去往何方。

忽然有婴儿的啼哭传入耳中，我被吓得慌张奔跑，跑过一条很长很长的

巷子，尖锐的石子刺破了我的脚，跑到大街上的我，见到眼前的一幕尖叫起来——一对年轻的男女躺在血泊中，雨水冲刷着地上的血，女人蜷缩起身子看不到脸，像是失去了生命的迹象，男人还有呼吸，看到我仿佛看到了希望，他伸着一只绝望的手，一点点朝我爬着，哀求道："救救我……"

看到他脸的那一刻，我的心止不住颤抖，我认出了他的脸，在爷爷的相册中出现过，是我的父亲。我跌跌撞撞地往他跑去，跑到他身边，探下身子想扶起他，下一秒他的脸变得狰狞可怕，他挣扎了一下，死命地掐住我的脖子，想要置我于死地！

"啊！"我惨叫一声，腿一蹬从梦中醒来。

我摸了摸额头，全是冷汗，梦中的窒息和绝望感那么真实，真实得让我感觉到难过。

外面的大雨没有停，雨珠砸在屋檐上噼里啪啦的响，夜晚静得有几分诡异。我翻起身，手忙脚乱地找到台灯打开，漆黑的房间瞬间被照亮。

旁边墙壁上映着一个瑟瑟发抖的影子，我紧接着跑下床，打开了天花板上的大灯，室内一片通明，我惊魂未定的心才稍微得到了一丝安全感。

脖子间无比灼热，我低头发现是那块小灵石，好像感应到我的心情般温暖着我，我的嘴角牵起微笑，轻轻握住这颗小巧的石头。

"是你在安慰我吗？"坚硬的质感紧贴着指腹，我摩挲着小灵石，一个人喃喃自语。

平复了一会儿心情，我披上外套，去客厅里倒水喝，抬头的时候发现对面烛麟的房间，亮着一盏夜灯，柔和的橘黄色灯光透过窗口散发出来，在周围的黑夜衬托下犹如一颗发光的明珠。

我愣愣地看着这扇唯一敞亮的窗口，漂泊惶恐的心，一下在茫茫夜海中找

到了灯塔的方向。想到他就在这扇窗下，在离我很近的地方，我心里忽然踏实了很多。

03

自从那个噩梦后，我又做过几个梦，有时候梦见父母向我求救，有时候梦见一棵樱花树，粉色的樱花随风泼泼洒洒，树下站着一个陌生女人眺望着远方，我远远看着她，心里很难过……

我被乱七八糟的梦缠了很长一段日子，睡眠质量很糟糕。这期间我回过一次家，争吵过的事我和爷爷都不再提起，彼此当作没有发生过。可是这件事已经在我心中留下了阴影，总有一天我要弄明白这一切。

问湛卢借的钱，我利用学校寒假还清了，下一个目标是存钱给爷爷买个新手机。

这天，天空蓝得纯净，阳光懒洋洋地照射着苏伦市，照在市中心偌大的情人湖面，清澈透明的湖水远远望去，就像镶嵌在城市心脏的一块魔镜。

四月的春风吹着我的面颊，吹起我的长发在风中飞舞，我双腿蹬着自行车，飞奔在苏伦市的樱花大道上，粉色的樱花花瓣飞落在我的头发上，肩膀上，跌到干净宽敞的柏油马路上，被自行车车轮碾过，一地尘香。

这辆自行车是我从二手市场买来的，春天来了，面对这么美丽的景色，每天要挤在闷热的公交车内上下学，实在太浪费生命了。

草绿色的车篮里装了一叠报纸，我按着急促的车铃，咬了咬牙，冲进了樱花巷，然后在一栋栋白色的欧式别墅前刹车停下来。

"送报纸！送报纸啦！"我张开嗓子喊着，熟练地将"苏伦早报"往别墅内扔，一份份报纸飞过铜制的铁艺门，稳稳地落在了别墅前的草坪上，一小块

嫩绿的草尖被从天而落的报纸压塌了。

没错，能够还清账，以及要实现给爷爷买手机的目标，全靠我找了一份假日送报纸的兼职，送报的范围除了市内几个偏远点的地方，还包括对面烛麟住的小区。

车篮里的报纸慢慢减少，我掉头往绿绮小区骑去，路过一个蛋糕店，我想到什么，买了三个慕斯小蛋糕，打包带走。

一份份报纸被扔进客户的住宅，我放慢速度踩着脚踏车，报纸剩下最后一份时，我刚好停在了烛麟家楼下。

"诞！出来。"我大叫了一声。

白色的狐狸犬嗖地蹿了出来，同时一份散发着香味的小蛋糕被抛上天空，诞一蹬腿飞到半空中，嘴巴叼起蛋糕，落在我家的阳台上，动作完美。

它落地后，飞快地咀嚼吞咽，一块小蛋糕进了肚子，贪心的小眼神还可怜兮兮地望着我手上的袋子。

呃……剩下的是我和烛麟的。

"好啦，都给你了。"我脸上露出理解的表情，把手上的袋子扔给它，诞看到飞上来的袋子，整个狗一激灵，稳稳地咬在了嘴里。

想将报纸抛到阳台，伸长胳膊准备往后扔的那一刹那，我感觉到有什么不对，回过头，烛麟优雅地靠着栏杆，像是一位身居高位的贵族王子。

"早上好呀，烛麟同学。"我乖巧地缩回手，挥了挥报纸，仰着脑袋望着他，"你不介意吧？"

"不介意。"他回答，眼神中闪烁着微微的光芒。

"接稳了！"我立刻甩出报纸，同时诞从我的头顶跃了回去，虽然它的四肢矫健，姿势优美，但是……为什么感觉好像有哪里不对？

我还没想起哪里不对，一团黑影迎头砸下，蛋糕渣淬下雨一样洒落到我的鼻子眉毛上，不知道什么时候吃完了蛋糕的诞，将袋子罩到了我的脸上！

"坏狗你恩将仇报！"我一把抓掉袋子，揉成一团去砸它，没砸中。

"嗷嗷嗷。"诞显然不把我放在眼里，捉弄了我，还吐了吐舌头，跟个傻哈巴狗似的。

"你主子在学校捉弄我，你也捉弄我！"我脸都绿了，指着烛麟提起上次的"告白事件"，然后指着诞，语气激昂，"哼！简直是上梁不正下梁歪！"

"告白的事，你还怪我吗？"愉快的声音像是柔和的春风，一听到他提起这件事，我的脸像是火辣的辣椒，发麻发烫。

"我没那么小气。"气势上一定不能输，我瞪大了漂亮的杏眼，硬着头皮，不以为然地反问："难道你很想听到告白吗？"

"我喜欢你。"

我立刻满足了他的虚荣心，说完这句话，我意外地看到他白皙的脸上浮现了不自然的红晕，耳朵也染上了粉红色，像一只可爱的兔子。

他这是传说中的……害羞了？冷漠神秘的冰山少年竟然害羞了？

"哈哈哈……"我看到他这样，笑得有点毫无形象，一点也不想错过这千年难得一见的画面，赶紧转移话题，对着诞道："诞，我也喜欢你呀。"

烛麟望了望我，我满脸威风地看着他，这一刻我的眼睛雪亮雪亮，对自己的恶作剧非常满意，每次都被他的气势所压迫，终于扳回一局了。

很快我就发现自己高兴得太早了，在我高兴得快要唱起歌来时，眼前黑影一闪，少年身形一动，风一样地站在了我眼前，那双藏着星辰大海的眼睛，死死地盯着我，好似要将我看穿。

我张大了嘴巴，心里发出一声惨叫。

他，他跳……不不，飞下来的？

我机械地抬头看着阳台，诞用一副"你惨了"的模样同情地看着我，我转动着僵硬的脖子，见了鬼一样看着他，他均匀的呼吸声喷在我的鼻前，证实着这是一只活物。

不是幻觉，光天化日之下，他，一个活生生的人，居然从阳台上飞下来了！像电影里的吸血鬼瞬移一样飞下来的！

"啊！"我终于忍不住，尖叫着爬上自行车，飞快地逃开了这个地方。

清脆的惊吓声伴着几只被吓飞的麻雀远去，我疯狂地踩着单车，确定他看不到我了，才觉得得救了。停下自行车，回过神想起刚刚不可思议的一幕，我期盼着这是一场梦。

我使劲掐了下手臂，吃痛地"哎哟"了一声，不是梦？不是梦！

我表情惊恐地朝身后看去，干净的路上飘落了粉色白色的樱花瓣，风吹过来，它们追逐着，卷到了一边。

看到少女如一只被烧着了尾巴的猫，迅速地骑车逃跑，少年不甘示弱地看着安静的道路，他挑眉看着栏杆上看好戏的神兽，仿佛在问"怎么样？"

诞神情慵懒地哼了一声，爪子在栏杆上抓了抓，打了个呵欠道："这么吓她，过分了。"

白色的身影跳上屋顶，大摇大摆地跳出了少年的视线，想必又找什么乐子去了。

听完它的话，少年的眼眸沉了下来。

诞好像说得有道理，其实忍忍就过去了，这么冒险地使用灵力，万一真的暴露了身份怎么办？不过貌似也早被怀疑了，暴露了没什么大不了吧？

这个捣蛋的丫头竟然说喜欢他，他前一秒还高兴呢，下一秒却发现她根本

是在戏弄他，居然这么戏弄他，他活了这么长的岁月，从来没有谁敢这么对他无礼。

吓吓她算很轻的惩罚了。

思前想后的少年皱着的眉渐渐舒展开来，忍不住又在揣测少女是不是真的喜欢他，他想找那只鬼灵精怪的神兽去问问。

一阵风起，少年如闪电般跃上屋檐，带起了一地樱花瓣飞舞，瞬间消失在原地。

04

May be my foolishness is past

也许我的愚蠢将成为过去

And may be now at last

也或许现在就是结束

I'll see how the real thing can be

我将见证那些真实事情的实现

......

夜晚，烛麟又放着这首浪漫温柔的英文歌，昔日男歌手低调磁性的嗓音，现在我听起来却觉得有些诡异。

我马上搜索了完整歌词，看着手机上的译文"梦境是我的真实"、"错觉已成平常事"，怎么看怎么觉得和我现在的状况很符合！

"嗷呜！"诞的爪子不客气地敲着我的玻璃，我吓了一跳，走出来，恼怒道："坏狗，要死了你。"

"我没蛋糕了！"我翻着白眼，正要开口大肆地教训它一顿，烛麟忽然从

对面卧室走了出来。

　　我差点再次惊叫出声，但看了看四周的居民，这么喊出来说不好会闹出什么事，不想惹事的我赶紧压低了声音，问它："你，你主子到底是什么？怎么会飞？"

　　我紧张地问着诞，从烛麟走到阳台，我的眼神就一直盯着他，怕一个不注意他又变戏法一样出现在我眼前，我可不想年纪轻轻就得了心脏病。

　　诞看到我神情这么紧张，也跟着严肃了起来："是烛龙族翳与妖之子。"

　　"哦。"我点点头，脑子没转过弯来，没注意到诞逐渐变红的双瞳里，闪着诡异的光芒，似乎正在等什么发生。

　　不对，刚刚……狗说话了？

　　"啊！"我的惨叫比上次更甚，吓得一屁股坐到了旁边的椅子上，抱起双腿远离地面和这只奇怪的东西。

　　这到底是怎么回事？我怀疑自己是不是惹上了什么不干净的东西，屁股好疼！眼前的少年和狗都是真的！

　　挂上风铃招来了面具人，烛麟完好无损地飞速落地，会说话的狐狸犬，光联想到这些可怕的异象，我的心怎么也无法镇定啊！

　　"我我……你们到底是什么东西？嗝……"我语无伦次地指着他们点啊点，目光里有着浓浓的惊恐，被吓得吐不出一句完整的话，紧张得打起了嗝，"嗝……呃……"

　　诞的毛发像有生命般变长，身体周围升起一股白雾，锋利的爪子从四肢下伸长，双眼变得血红，眉心处出现了金色的印记。变化厚的模样，完全不像狗，很像漫画书里守护主人的神兽，不过个头有点小。

　　"我太厉害，说出来怕吓着你。"它很臭屁地昂起脑袋，声音如同一个

十二三岁的少年，童音脆脆的，"另外，别叫我臭蛋，我不是臭蛋的'蛋'，我是诞生的'诞'，想纠正你好久了嗷。"

"呃，嗝……"我一抽一抽地打着嗝，看电影一样看着他们。

对面房间里的光突然一灭，烛麟身体没有动，空间似乎是在一瞬间被压缩了，下一刻灯光恢复正常，他站到了诞的旁边。

我对他这种快速到不正常的移动方式惊呆了，之前见过一次的我，这一次很出息地没叫出声。

他一步一步地朝我走近，一张俊美的脸低下来，越靠越近，我屏住呼吸，一时间脸红心跳，看着近在咫尺的他，细密的睫毛，无可挑剔的皮肤，樱红的薄唇，我刚准备说话，却从嘴里冒出一声响亮的："嗝！"

"咯咯咯……"诞用爪子捂着脸，笑得特别贼。

烛麟错愕地听到这一声，站直身子无奈地看着我，看到他臭臭的脸，我有些不好意思，窘迫地嘀咕："不怪我，我是被你们吓成这样的……"

我脸红得像煮熟的虾子，狡辩着，憋着不让自己打嗝。

除了诞刺耳的笑声，他没有说一句话，我等啊等，等到快恼羞成怒了，他凝视我的眼神里才多了一丝调侃，道："楼下咖啡厅，我们谈谈。"

我看着他的眼睛，温柔得像星星，也深沉得像寒潭，鬼使神差地点头："好啊。"

"但我要先喝口水。"我飞快地说出这句话，从椅子上跳起来往厨房跑，找到水壶和杯子，倒了一满杯，仰头一口喝掉，我擦了擦嘴，回去阳台。

这是以前打嗝时爷爷教我的方法，多喝点水，调整自己的呼吸就可以了。既然是认真的谈话，我可不愿意左一个嗝右一个嗝。

回到阳台，不见他们人影，我探着身子往楼下看，他们不知道什么时候下

去了，一人一狗，正悠闲地朝一家咖啡馆走。

没义气的家伙！我骂了一句，回屋披了件橙色外套，下楼去找他们。

　　

外面夜幕星垂，整条街都沐浴在五光十色的灯光中，十分繁华。

行人的嬉笑声纷杂热闹，食物的香气飘过街道，勾引着过路人肚子里的馋虫，节奏缓慢的音乐洋溢在空气中，为夜晚添加了几分魅惑。

楼上楼下，两个截然不同的世界。

我每天回家早，晚上不爱出去，周六日按时送报，很少有时间悠闲地玩乐。此刻我走在街上，才发现夜晚的街市别有一番风情。

目光寻到烛麟他们进去的一家店，我加快脚步，来到店门前，走了进去。

"您好，欢迎光临。"

推门的一刹那，甜美的机械女声在耳边响起，我四下打量，纳闷他们坐哪儿了，一团白色的物体从楼梯间滚了下来，准确地说，是飞跑。

"嗷嗷嗷。"诞呼唤着我，示意我跟它走，我看着它掩人耳目的狐狸犬模样。想当初就是被这副皮囊给骗了，我没好气地哼了一声，不情愿地跟着它。

店内生意非常好，楼下没有空位，我上了二楼，奔赴目的地。奇怪的是，诞没有在二楼停下来，而是领着我往旁边的电梯走去。

还没到吗？

"我们去哪……"进了电梯，旁边没有人，我木然地看着诞直立起后腿，用前爪暗下了顶楼的数字键。

诞没回答我，对着里面的摄像头"汪"了一声，我愣住，随即展颜一笑，用赞赏的眼光看着它："不笨嘛。"

我站在电梯里，心里的紧张被很好地掩饰了下去，我甚至能听到胸腔里那

颗不安分的心在不正常地跳动。

想到马上要与一个无法用正常思维去理解的人谈话，想到窥探了别人不能说的秘密后无法预知的后果，我开始后悔了。

"嗷？"见我没反应，诞叫了一声，我抬头看着打开的电梯门，冲它笑了笑，怀揣着破釜沉舟的心情，出去了。

诞带我进了一个房间，嗖地跳到角落打盹去了，这是一间空荡的全景玻璃房，里面布置得很居家简约，米色的地板，舒适的懒人沙发，落地台灯，原木书架上摆着一排排整齐的书，外面城市的夜景尽收眼底，俯视视角的优越感油然而生。

靠窗的桌子上摆放着一个琉璃花瓶，瓶子里插着鲜艳的玫瑰，此时烛麟正交叠着双腿，坐在桌子旁喝着红酒。

"这也是你家？"我惊讶地跑到窗户边，看着底下蚂蚁一样的汽车和行人，感觉一阵阵眩晕。

"你害怕吗？"他并没有直接回答我的问题。

"不怕。"我走到书架前，手掠过一本厚得跟字典一样的书，书脊的几个符号蝌蚪似的在我眼前游动，看都看不懂。

如果在电梯里还在害怕，现在我满脑子只有数不尽的问题和好奇。

05

"你信不信这世间还有人心的纯善和坦荡？"烛麟喝多了酒，眯起迷蒙的双眼。他摇晃着甘醇的红酒，透过酒杯看着外面的世界，忧伤的声音听起来莫名沧桑，"我啊，看过了这世间太多悲惨的事情，见多了人性的自私胆怯，早已不信了……"

落樱少女
四季歌
The girl and the
four seasons of
cherry trees

　　他不信这漫长苦涩的生命，还能重新获得荣宠的新生。这么长远的岁月，繁华都是别人的，唯有他一人寂寞无比，简直让人快要发疯了。

　　我在观察一个手工泥塑工艺品，听到他的话，快要笑出声："你才多大呀？说话像个老头儿似的。"

　　看完工艺品，外面夜空中盛开了烟花，我的注意力被吸引，双手背在背后，迈开步子走到玻璃窗前，一脸幸福地看着。

　　"我的年龄是四位数。"烛麟一脸正色地回答。

　　"嗤……"我摇了摇头，反应不太自然，回过头去看他，一个带着红酒芳香的黑影扑了过来。我吓得连连后退，背贴到了冰冷的玻璃上。

　　"有些东西要用心看。"他突然生气了，冲过来两只手撑在我身侧的玻璃上，冷漠的眼睛捕捉着我脸上的慌张。

　　我被他两只胳膊圈在胸前，温热的气息混杂着红酒的香甜，熏得我脑袋晕乎乎的，我一动不敢动，生怕惹怒他。

　　"唔……"我不动声色地撇开头，使劲拉开暧昧的距离，妥协地承认道，"好吧，我信我信，我信还不行吗？"

　　话刚说完，他的手颓然地放下去，仰面靠在玻璃上，身体软软地往下滑。我连忙扶住他，他喝多了，实在太重了，我只能由着他坐到了地毯上。

　　烛麟漂亮的眼睛泛着忧郁，紧皱的眉头，如绿波，如山峰，怎么抚都抚不平。他闭上眼睛，好像睡着了，又好像没睡着。

　　我有点懵，看到他这样子，刚才的一切像梦分不清虚实，脸上热辣辣地红，不知道为何这家伙靠近时，我……心动了？

　　我陪他坐在地毯上，侧着头，看着无数的烟花在城市上空绽放，心里有一种说不上的感觉。诞睡得沉，呼噜噜的鼾声在房间内回响。

遇到他们，不知道会是这样呢……

手机叮叮当当地在口袋里响起来，我看了看烛麟，在他脸上看到睫毛动了动，不想打扰他，我爬起来走远些才接电话。

"喂，阿湛……"我嘴唇轻轻开合着，瞟了一眼熟睡的诞，然后和湛卢寒暄起来，"有什么事吗？"

"没有，我就是想知道你睡了没？"湛卢谨慎地回答，用诚恳的语气叮嘱道，"我记得每年春天你会长疹子，海鲜之类的要禁口。"

"放心啦，我吃不起海鲜的。"我肯定地说，浑然不觉身后的烛麟，慢慢睁开了眼睛。

然后，我和湛卢聊了几句，挂断了电话。

合上电话，转身的那一刻，烛麟已经换了件黑色的卫衣，我见他脸上没有消沉颓废的样子，怀疑之前坐在地上的是另一个人。

"你去哪？"我下意识地跟着他往外走，听到脚步声的诞，在房门关上的一瞬间，惊险地蹿了出来。

它龇牙咧嘴地准备说话，一看到电梯门打开，里面有人，立马改口"嗷嗷嗷"地叫唤。

真是的……我干什么跟他出来？我悻悻地想。在我思考的时间内，电梯很快到达了十一楼，我正想着烛麟是不是隐形的富豪少爷，居然还有一个房间？门开后，诞一狗当先地跑了出去。

我一抬头看到闪亮的几个大字——美味海鲜店。

"呃……不，不是，我不是吃不起海鲜啦，我是……"我百口莫辩，又想解释，又追不上他们的步伐。

十分钟后，面对一桌子丰盛的海鲜，我不想说话了。

不管我如何解释吃海鲜会过敏，烛麟咬定我是吃不起海鲜，大发善心地一定要请我吃饭。

"好吧，好吧。"盛情难却，我神情缓和了一些，面对着脚边啃着大龙虾，吃得津津有味的诞，我说破嘴皮子也没用了。

"吃吧。"烛麟伸手拾起筷子，慷慨的语气听得我欲哭无泪。

直到桌上盘子空了一半，我还磨磨蹭蹭地剥着一只螃蟹，我只想慢点再慢点，吃螃蟹是最慢的了，等到他们吃完就可以了。

一只螃蟹腿还没扯下来，手里的盘子被烛麟抢了过去，一个小碗放到了我的面前，我看着他帮我剥好的蟹黄和虾尾，嘴角咧开一丝苦笑。

老天！真的不用这么客气，我为什么要说那样无脑的话！可恶的电话！

他说："你不用太拘束。"

"喔……没有。"我使劲捏着筷子，不停地给自己做心里工作——能吃上海鲜真是太幸运了，苏荷叶，不是吗？嗯！过敏而已，死不了的。

我认命地吃起来，一口一口，吃得内心无比煎熬，脸上却始终保持着迷人的微笑。

吃完海鲜，我拍着鼓鼓囊囊的肚子在楼下的花园散步，诞摇着尾巴，咬着我和烛麟的裤脚，跑来跑去。

"明明不是狗，装的还蛮像。"我心情愉悦地伸了伸懒腰，以前一到春天就长红疹，爷爷告诫我最好不要碰海鲜，湛卢也时刻提醒着我。

以前从来没吃过，没想到海鲜这么美味。

"干吗这样看我？"我一愣，走着路，忽然发现烛麟和诞看着我，擦肩而过的一个小孩，也盯着我咯咯直笑，我问他们，"我脸上有东西？"

良久，烛麟指着前面的公共洗手间，道："你的脸出了点问题，你最好自

己看看。"

他的话把我噎住了，我不知所措地摸了摸脸，心中暗叫不好，急忙往洗手间跑去。

十秒钟过后，洗手间上空发出一阵痛心疾首的大叫。

镜子里，我的脸成了一个蜂窝煤，长满了红色的疙瘩，密密麻麻的十分丑陋，扯开衣领，脖子上红了一大片，胳膊上也全是。

我一副受尽委屈的模样，气哄哄地出来，插着纤腰撒泼道："烛麟我跟你没完！"

空气沉默了一会儿，烛麟摸了摸鼻子，显得有点过意不去，他轻轻地说："我带你去买药。"

"刚刚非得让我吃海鲜，现在带我去买药，我不要面子的啊！"我这倒打一耙的本事让他目瞪口呆，我在气头上，哪管得这么多。

呜呜呜……不会毁容吧？我轻轻捧着脸，心疼自己。

"我没强迫你吃。"他憋了半天转过头说的一句话，噎得我差点吐血。虽然他说的是事实，可是现在这情况，对一个差点毁容的女孩子，不应该低声下气点吗？

"算我倒霉！"我对他翻了翻白眼，不想自己一张如花似玉的脸毁在一顿海鲜上。诞高高地仰着头，对我"嗷呜"了几声。

"可恶的同伙。"我灼热的视线鞭子一样抽打在他们身上。说完，也不管他们的反应，急匆匆地朝药房跑去。

通过这次深刻的教训，我才知道过敏多么可怕。

吃了一大堆药，吊了两天水，那些红疙瘩才慢慢消退，人算不如天算，我的体质，注定与海鲜无缘。

落樱少女
The girl and the
四季歌
four seasons of
cherry trees

一个星期的时间过去了，病好的时候，烛麟送来了一袋水果和一束百合。

"阿叶。"他站在门口，轻轻地喊我的名字，语气带着真诚，"抱歉，我不该劝你吃海鲜的。"

我看着他，突然开心地笑起来。

这是他第一次郑重地来我家拜访，虽然是道歉，听起来却十分可爱。我大方地摆了摆手："没关系，没关系啦。"

如果一场病拉近了我们的距离，在以后的日子想起来，我都会感激这样的机会，让我靠近他，走近他，最后触碰到那颗柔软的心脏。

也许冥冥之中，命运的线已经纠缠到了一起。

第四章：
夜樱乱·铃铛

01

　偌大的校园内，金色的阳光照在教学楼的琉璃瓦上，反射出一道道明艳的光。风吹过一排排葱郁的香樟树，吹起地面上掉落的树叶，空气里弥漫着花草初生的浓浓香味，隐隐约约还能听到教师们激昂的讲课声和轻快的钢琴声。

　西北角的一间教室里，阳光穿透玻璃窗照射在白色的讲台边，在地上剪落出不规则的几何体光影。安静的教室内，一身白色职业套装的女人，正站在讲台上，扫视了下底下的学生酝酿着开场的话。

　她的左手边站着一个高挑漂亮的卷发女生。女生穿着蓝色镶金边的学院制服，白皙的脸庞上没有多余的表情，脖子上的宝石项链和手腕上的钻石手链，在阳光下闪着耀眼的光。

　昂贵的珠宝佩戴在她的身上没有丝毫违和的感觉，却似乎与一个学生的身份不符。

　女生狭长的眼睛眨了眨，淡淡地扫过教室，扫过我皱起的眉头，看向教室的角落，烛麟所在的座位方向。

　她是那天那个差点撞上我的女孩！

　我死死地盯着她，心想真是冤家路窄。她的五官清秀，有着一双和我一样的杏核眼，眼睛张扬着不属于她这个年龄的老沉和高傲。

　白朵老师笑容满脸，伸出手向我们介绍她："这是从弗里斯学院转来的新

同学，新同学成绩十分优秀，能够来到我们苏伦学院是我们的荣幸，老师很看好她。为了让她更好地适应学校环境，希望大家能够多多关照，好好地帮助我们的新同学，不要让她有不安的感觉，好吗？"

"好啊好啊！欢迎新同学！"

"美女同学，不介意和我同桌吧？"

"能够和这么漂亮的女生做同学，我们很开心耶！"

……

白朵老师听着讲台底下同学们满是期待的欢呼声，那双眼睛里逐渐溢出了满意的笑，她示意同学们先安静下来。

"好，那我们请新同学简单地做一下自我介绍，大家欢迎。"

白朵老师退下去，女生走上讲台看着我们，面对高呼的热情她似乎习以为常，她的嘴角扯出一丝礼貌的笑容。

"我叫唐璇，初来乍到，多谢关照。"

简短的自我介绍透出浓浓的疏离感。白朵和学生们愣了一会儿，才反应过来她的介绍结束了，白朵老师带头鼓起掌来，潮水一般的掌声慢慢停歇。

教室重新安静下来，唐璇回过头望着白朵，对白朵露出一个笑容，道："白老师，我希望能自己选同桌。"

"啊？"白朵很惊讶，随即换成了一个同意的表情，笑呵呵道："好的，你自己选吧。"白朵心想，你妈妈要我照顾你，你有什么要求尽管提，我惹不起唐家。

然后，唐璇在注视中，走下讲台，径直走到烛麟的同桌面前。与此同时，有什么东西"啪"的一声掉在了地上，正好滚落在唐璇的脚边。

唐璇弯腰捡起那只圆珠笔，冷漠的笑容里隐藏着不可拒绝的意味："我想

坐你这个座位，可以吧？"

烛麟的同桌瘦瘦的，很内向，戴着一副圆眼镜，长得非常像哈利波特。听到唐璇的请求，他看了眼不停对他点头的白朵，一句都不敢多说地起身，"嗯，好的……"

教室内响起不少人倒抽冷气的声音，就算是新同学，可提出这么蛮横的要求也太过分了！

就在大家嘀嘀咕咕地小声议论时，一直事不关己地看着书本的烛麟抬起头来，他的目光落在眼前这位不善的女生身上。

"你好。"唐璇伸出手来。

耳边充斥着嘈杂声。看着女生刺眼的笑容，少年站起身来，看也不看那只讨好的手，就越过她往外边走去。

"我见过你。"擦肩而过时，女生用只有两个人能听到的声音挑衅道。

少年停下脚步，那双质问的眼睛扫过女生的脸。女生注意到他的反应，毫不畏惧地看着他，收回手。

我看着他们，双手无意识地握紧了拳头。

看到起身的烛麟，白朵蹬着高跟鞋，往前走了几步，下意识地反问了一句："烛麟同学对刚才的安排有意见？"

"我请假一天。"烛麟停顿了几秒开口道，不管白朵脸色突然一变，他决然地走出教室，身影经过几扇窗户，消失在后门楼梯拐角的地方。

"你这孩子，你……"白朵嘴唇翕动着，费了好大劲才没有发火，她深吸一口气，换了一种口气，对唐璇道："老师马上安排座位，莫飞飞你坐到西小雨旁边……"

"白老师！我也要请假。"看着她在给唐璇分派座位，想到烛麟那一瞬间

的失落，我的心犹如在油锅里煎炸了几遍。

"苏荷叶！你捣什么乱？是嫌我这事情不够多？请什么假？我不同意。"白朵摆明了立场，脸色非常难看。

"我肚子痛啊！谢谢老师啦。"我一把收拾完书包，双手合十地拜托她，白朵本来还想再说些什么，见我跑得跟逃命的兔子一样，她的话还没来得及说出口，门哐当一响，我已经冲出了教室。

管不了那么多了，大不了回头再写检讨，被罚打扫卫生。

真担心那家伙会出什么事啊……

我背着书包左看右看，围着教学楼找了一圈，除了屋檐后的几个鸟窝，半个人影都没找着。走出教学楼区，沿着一排香樟树去操场，一路找到天鹅湖旁边的草坪上，木长椅上躺着一个白色绒毛物体。

"咦？谁在晒玩具？"我敏锐地发现长椅上的不同寻常，走近了去看，那个物体突然动了动，圆溜溜的脑袋转了过来，吓得我"呀"的一声，退后了好几步。

"呃……臭蛋！"我擦了擦眼睛还以为看错了，它用"你白痴啊"的表情瞄了我一眼，懒洋洋地趴在了阳光里。

我蹦蹦跳跳地跑到它面前，搓了搓它脑袋："你怎么在这里？哈哈哈，我知道了，终于发现自己智商不够，特意来我们学校听课的吗？"

我笑话着它，诞耳朵机灵地动了动，扭过头，眼睛里怒气流动："嗷！噗……"它吐着舌头，挥舞着狗爪，脏脏的口水差点溅到我的衣服上。

"开玩笑啦。"我环顾了下四周，放心地拍了拍它，"现在是上课时间没学生来的，而且这里没摄像头，你说话没关系啦。"

"上课时间！你逃课嗷。"它奶声奶气地嘲笑我，一爪子拍到我脸上，糊

了我一脸的口水。

"脏死了，脏死了。"我用手背嫌弃地擦着口水，然后拿纸巾擦手，边擦边好奇地问，"你怎么来了？烛麟回去了吗？我跟你讲哦，他今天不开心，请假回去了。"

"我想不明白，你们不是很厉害嘛，还来学校上课干什么？乖乖待在家里不是更舒服？要是我也会飞来飞去，我就要去国外看看。好奇怪啊，知道你会说话，烛麟会灵力，我起先还害怕，现在觉得特别好玩，嘻嘻……"我擦干净手，又去擦诞的爪子，它不听话地扑来扑去。

"无知的女人。"诞不满地哼哼，扑腾得累了，任由我给它擦干净嘴和爪子，眼里闪过一抹轻蔑之色，"这叫不与时代脱节嗷，不吸收新的知识，早晚变得跟你一样。"

"变得跟我一样？我怎样啊？"我随口一问。

"一样蠢……嗷呜！别打我，头要被打坏了嗷呜。"它用两只爪子抱着头，嗷嗷地叫着，我样子做的凶狠，手上没使什么力度。

我扔掉纸团，坐下来，将书包放到双腿上，问："喂喂喂，烛麟呢？"

诞看着我们身后的草坪，我也看向身后的草坪，诞抬头看向上面的树，我也抬头，看向上面的树。

02

高高的榕树上，横生着一根粗壮的树枝，少年曲起左腿，枕着右手胳膊躺在上面，右腿舒服地垂下来，白色的球鞋随风轻轻摇晃，垂下的左手指尖，夹着一片嫩绿的树叶。

"你是说……他一直在这儿？"我捂着嘴，惊讶地问。

诞白了我一眼，似乎对他这样早就见怪不怪。

"还好，没说他什么坏话……"我下意识地松了口气，虽然担心他，但看到他还有闲情逸致爬树，想必唐璇的事他也没放在心上。

我还是觉得疑惑。现在回想起来，唐璇的出现根本不像一个偶然，倒像有着什么目的。我的确对烛麟的秘密好奇，但也不希望任何人威胁到他和诞现在的生活。

胡思乱想之际，迷人的旋律突然在头顶萦绕，带给人无限的遐想。

我不自觉地起身，走到树下的小道上，仰头看着树上的少年。细碎的阳光从树叶的缝隙间落在他的身上，他遥望着远方，修长的手放在嘴边，食指和拇指间夹着一片树叶，树叶随着气息抖动，声音便是它身上发出来的。

婉转舒缓的浅吟低语，似乎让人感受得到吹奏的人复杂的思绪，优美沉醉的旋律，和阳光一般暖暖的，轻轻的，直达我柔软的内心……

绵长的尾音渐渐收起，阳光刺得我眼睛微微眯起，一片小小的绿叶悠悠然地飘落，飘过我眼前，落在我伸出的手掌心。

同时少年跳落在我眼前。

"你，你爬那么高干什么？"我吞了吞口水，不知道从什么时候起，我特别害怕与他对视，只要他那双幽深的眼眸看着我，我就浑身不自在。

"爬得越高，风景就越迷人。"他淡淡地回答。

听到这个答案，我认同地点点头，然后挺起胸，站直了身体，深吸了一口气，问："刚刚……你没事吧？"

"我没事。"

他说话还是这么……我内心叹了口气，看来吃过一顿海鲜，知道了他会瞬移的事，还是难做成朋友啊。

落樱少女
四季歌
The girl and the
four seasons of
cherry trees

"你这样跑出来没关系？"他看着我，我反应过来他是在关心我，心里一阵欢喜，连忙摇摇头，"没关系啊，我也请假了。"

"以后不要这样。"他看着我感到无奈，说完，他朝着长椅上的诞看了一眼，用命令的语气吩咐，"你也是，以后少到学校里来。"

"嘁……"诞扭了扭脖子，直接从椅子背跳下来，走到我们站的地方，"我乐意嗷。"

说完，它摇了摇尾巴，朝着软软的草坪走去，很没素质地在草地上打起滚，好像在挠痒痒。看到它这么可耻的行为，又不能用人的行为规范约束它，我握紧了拳头，没好气地警告它。

诞装作没看到，滚了几下，从草地上爬起来，带着一身草屑，屁颠屁颠地走了。

"你还有事要做没？"烛麟看向愣在原地的我。

"我啊？没事。"我指着自己，摇了摇脑袋，一副任君差遣的模样。

"跟上来。"

他说完，转身就走，直到他走到了未名湖边，我才仿佛从梦中惊醒，收回自己的思绪，以为说错了话，紧赶慢赶地跑上去。

这个家伙怎么了？

"烛麟同学……"

走到了校外的街上，我一边喊着他，一边脚下不停地追他的步伐，要经过一个十字路口时，走在外侧的烛麟，一言不发地护在了车来的方向，我盯着他在前侧的背影看了半天。

"那个……你要带我去哪儿？"我嗫嚅着嘴唇，看着眼前鱼贯而去的车辆，等着三十秒的红灯慢慢变成绿色。

我发誓，跟他交流需要强大的心理素质。他常常是动作比言语快，我似乎永远弄不清楚他心里在想什么。

本来在观察车辆的男生回头看了我一眼，我无辜地看着他，然后他的手指向了一个令我惊讶的地方。

我看过去，他指向了街道中心的一幅巨型海报，是这个月刚上映的爱情科幻电影，前天课间，我还兴奋地跟同桌在讨论呢。

"你……"我下意识地想到他难道听见了我的谈话？怎么这么巧知道我想看这部电影？找不到陪同的人，我本来还想约湛卢的。

"我们去看这个。"

没等我询问他是不是偷听了我的谈话，绿灯亮起，来往的车辆停了，他说完，目不斜视地迈开长腿从我身边往前走去。

"嘻嘻，好呀！"我两眼放光地看着他的背影，不想去探究他怎么会看这种女生喜欢的电影，迫不及待地走在他的身侧。

电影大厅吵吵嚷嚷的，弥漫着爆米花的香味。我坐在等候区，笑眯眯地看着烛麟皱着眉头排队，皱着眉头买票。

看到快轮到他了，我指着旁边的零食售卖窗口，毫不客气吩咐："还有还有！大桶爆米花，小杯可乐要加冰！"

毫不意外，我看到他眉头皱成了一个夸张的川字。

人声吵吵嚷嚷中，我看到了不远处的少年，阴沉的脸色依然散发着致命的帅气，他的脸部轮廓坚毅优美，冷漠的双眸永远看不到底，那双单薄的嘴唇总是抿着。

这么细心地观察他，我不得不承认，他真的很帅，尽管他总是看起来冷冰冰的，其实内心有着很深沉的温柔吧。

落樱少女
四季歌
The girl and the four seasons of cherry trees

　　我的目光停留在他的脸上，直到他别扭地将爆米花、可乐、电影票伸到我面前："这些都是你要的。"

　　"谢谢你。"我笑着接过，嘎嘣嘎嘣地吃起来，并主动地递过去，"你要吃吗？"

　　他摇了摇头。

　　我抓起一把，献宝似的摊开在他眼前，劝他："吃嘛吃嘛，很好吃的。"

　　说着，我递到他嘴边，眼睛里的恳求和笑意更明显了。

　　也许是我的表情太过谄媚，无法拒绝，他犹疑地拿起几颗，优雅地嚼起来，看到他这么秀气文静的样子，我突然觉得自己在他面前挺丢脸的。

　　"怎么样？好不好吃？"我非常认真地问他，然后在他渐渐舒展的眉头中，得到了答案。

　　"嗯，好吃。"

　　果然，我话语刚落，他心平气和地告诉我他的感受，一看就是个不喜欢吃垃圾食品的家伙，我给他一个微笑，将爆米花往他怀里一塞："给你吃！我再去买一桶。"

　　在感受他的无语中，我像一条欢脱的柴犬跑向零食售卖窗，手脚麻利地又买了一份爆米花套餐，拨开密密麻麻的人群，拉着他的手，往影厅赶去。

　　仿佛山泉解冻，春回大地，那一瞬间，我听到了心如小鹿乱撞，怦怦直跳的声音。

　　整场电影，他像一个冷漠的审判者安静地看着荧幕变幻，而我随着电影情节的推进，从一开始笑得毫无淑女形象，到结尾哭得稀里哗啦，一颗心跟着主人公们上上下下，无比辛苦。

　　走在回家的路上，天空中夕阳西沉。他走在我的左手边，听着我叽叽喳喳

的像一只多嘴的麻雀。

"结尾太悲剧了，我眼睛都哭肿了！"

"不过那个男主角好帅！啊！我的少女心要炸了！"

"特技也很不错，最后那个唯美的场景，披着婚纱的女主角在漫天樱花中沉睡，画面好美！"

......

地上的影子交叠又分开，分开又交叠，我手舞足蹈地发表着观影感受，烛麟脸上含着淡淡的笑意，整个人沐浴在夕阳的暖光中，分外迷人。

我一路嘴巴不停地说着话，不知疲倦。在我和烛麟并肩走进绿绮小区时，在楼下站着的男生，正目不转睛地盯着我的笑容，脸色苍白。

他提着一袋新鲜的草莓，好像在那等了很久，此时的他，整个人像丢了什么重要的东西般失魂落魄。

而我在看到他的那一刻，四肢僵硬，心虚地不敢直视他炙热受伤的眼神。

03

晚上下起了淅淅沥沥的小雨，窗户上蒙上了一层水汽，空气中的温度比白天低了不少。我穿着粉色兔子睡衣，发了一会儿呆，手无意识地在玻璃上一笔一画写着字。

湛卢，烛麟。

秒针在墙壁上慢慢地走着，吊挂的绿萝随风在我眼前摇晃，安静的房间内只听得到我的呼吸声，我慢慢地看着玻璃上流下的水滴，模糊了那两个名字。

这是长这么大以来，我第一次逃避湛卢，傍晚他离去前的一幕又浮现在我眼前。

湛卢将草莓和两张电影票送给我，约我下周末去看电影。

我小心翼翼地看着他说："阿湛，不好意思，这部电影我刚刚看过了。"

"哦……"他抬头看了一眼在旁边等候的烛麟，随意答应了一声，失落地说，"知道了。"

"要不，下次我约你看吧？"

我看他脸色不太好，拿过草莓袋子，立刻改口，试图挽回他不好受的心情，想到烛麟在这里，害怕他误会什么，下意识的我没有邀请湛卢去家里。

"不用了，我该打个电话问问你的……"他对我笑了笑，笑容很苦涩，"不请我上去坐坐？"

"呃？那个……今天不方便，下次我请你来吃饭，好不好？"我一边说着抱歉的话，一边用余光打量烛麟的脸色。

"是因为他吗？"湛卢这一次好像真的生气了，不管我会不会尴尬，问得理直气壮，毫不在意距离我们这么近的烛麟，会不会听到。

"阿湛你……"

"你是不是喜欢他？"

在我完整的话出口之前，他忍不住出声打断我的话，一直低着头的我立刻慌张地抬起头，我想说些什么，但是却失去了第一时间为自己辩解的能力。

"阿湛，你别胡说。"我满脸通红，憋出一句底气不足的话。

"我胡说？"提高的声音让烛麟皱起了眉，湛卢扯住我的衣袖，深吸一口气，笑着说道："你以前不这样的，以前哪怕电影看过一次，只要我想看你也会陪我去，每次我来找你玩，无论什么时候你都很高兴，不像现在这样不自在，好像……好像刻意逃避我。"

说到最后的时候，他的声音有点控制不住地颤抖了一下。

"小叶……"湛卢的脸上笑着，眼眶泛红，"是从什么时候起我们变了，你变了……"

"什么都会变化，这是世间永恒的真理。"烛麟冷酷地看着他，走上前来挡住了我的视线，"一切事物都处于永不停息的运动、变化、发展过程中，绝对不运动、一点不变化的事物是没有的，换言之，以前的你们早已不存在了，你何必太过执着。"

内心又气又觉得好笑，烛麟此刻一本正经的哲学理论，让我说不出半句反驳的话，不知道是该夸奖他知识丰富，还是感谢他帮我解围。

"你算我们什么人，有你说话的份吗？"尽管这样湛卢还是对他表现出敌意，眼眸里燃烧着浓浓的愤怒，好像在他面前的人，是他几辈子的仇人一样。

沉默，死寂般的沉默。

我怕湛卢冲动地动手，小时候别人惹了他，他堵了人家三天找人算账的画面浮现在我的脑海。我赶紧挤到他们中间，分开两人，笑呵呵地做和事佬，"阿湛，我今天好累，改天我们再约。烛麟，你也走了一天，快点回去休息。都乖啦，给我个面子嘛。"

他们被我强势地分开。烛麟瞅了一眼湛卢，有点孩子气地冷哼一声，往自己家里走去，而湛卢，看着我，甩开我的手，也没好气地走了。

哎……命真苦。

我趴在书桌上仰头长叹，一把擦掉玻璃窗上快看不清的名字，揉揉脸站起来去洗脸，看着镜子里自己红彤彤的脸庞，谁知道我招谁惹谁了！

送报工作我做了两个多月，领取薪酬的第一时间，我便去买了一个老人机，存好我的号码，给爷爷寄了过去。

做了两份诞第一次偷吃的，松软柔滑的椰子糕和焗烤芝士肉酱后，我在阳

台的藤椅上坐下来，爷爷学会使用手机后给我打了一个电话，挂断电话，我思绪万千。

我一提到父母的事爷爷就非常生气，这样反常的态度，愈加激发了我想弄清楚真相的决心。

"哇，鼻子挺灵的嘛。"

诞嗅着香气，轻车熟路地来了，一看到它，我打趣道，它没骨气地哼哼几声，吃起我给它烹饪的晚餐来。

就在这时，烛麟也走出来了，他伏在栏杆上看着我，风吹起他的发，吹得旁边一排米黄色的迎春花随风悠扬。

"咳咳，对了，你的电话号码多少？"我摇了摇手中温热的手机，想起他上次跑出教室到处找不到他，我心急火燎的模样，要是有电话联系，那就方便多了。

其实我很早之前就想要他的号码，可是那时候不是很熟悉，交集不多，这事就耽搁了，而等我左想右想的时候，对面传来的声音，犹如一记闷棍敲在我脑袋上。

"我不用手机。"

烛麟的回答打断我的思绪，我抬头望过去，他想必读懂了我脸上的不可置信，眉头微挑补充道："我不需要。"

我放下手中的手机，尴尬地笑笑："这样啊，也对，你那么厉害，窜来窜去的，手机好像对你没什么用。"

"我收集情报，也出售信息，客人想获得信息，可以直接支付报酬购买。金钱买不到的信息，客人可以选择用同等价值或者超越价值的消息来交换。"

不知道怎么回事，昔日那个神秘少年说过的话，在我脑海中回响着。

信息？情报？是不是意味着他知道所有的秘密？包括我父母的车祸真相？

想到这里，我激动地想问他，恍然间又想起，他从未承认过自己的身份，这么鲁莽地发问，他肯定不会说实话。

就在这时，他转身，没有停留地往回走，留给我一个冷酷的背影。

这个家伙！每次都这样耍酷，话说不了几句就走。

我无语地看着他不愿意搭理我，独自回了没有开灯的客厅，就在诞不小心踩翻碟子，发出"哗啦"一声时，有样东西闪电一样出现在我脑海中。

落樱铃！

没错，想要验证他的身份不是很简单吗？只要挂上落樱铃，看他会不会出现就可以了，只要他再次出现在我面前，通过这么长时间的相处，我有把握分辨得出到底是不是烛麟。

这么简单的方法我才想到，笨死了！

我一拍脑门，二话不说，转身就跑进屋子，从抽屉里拿出那串遗忘的落樱铃，回到阳台，诞见我出来，双眼木木地看着我手上的风铃。

"见证奇迹的时候到了。"我朝诞打了一个响指，踮起脚尖，将风铃挂到了壁上的挂钩上。

丁零……

丁零零……

风吹得风铃发出清脆悦耳的声音，头顶是漫无边际的黑夜，夜空中凉意习习，一道如鬼魅的黑影忽然破开眼前的黑夜，直直地飞落到我眼前的阳台，停留在离我两米远的地方。

我被他快速到看不清的动作惊住，有了前两次的经历，这次我定定地看着他，没有表现出一点怯意。

他穿着一身黑色的长衣长裤侧对着我，墨黑色的披风及地，风吹起它的下摆，拂过细小的尘埃，我看着他隐没在浓浓夜色中的脸庞，心口一悸。

就在我几乎快要确定心中的猜想时，他回过头，那张熟悉的脸没有戴面具，目光如寒冰般朝我射过来。

04

不出意外，看到烛麟，我反倒有点不知所措了。

"我我……"

"你的风铃我买下来。"

我嘀咕了半天，他毫不客气地打断了我接下来想说的话。

"好奇心害死蠢女人，嗷呜。"在我们剑拔弩张之时，一道十分夸张、坏兮兮的声音从身后侧传过来，诞舔了舔爪子上粘上的辣酱，眼睛里闪烁着不怀好意的笑意。

"咳咳……"我清咳了两声，终于想起来他是个生意人，用顾客的口吻恳求道，"烛麟，我不是来捣乱的，你不是负责收集、出售消息吗？那你一定知道当年我父母去世的事。我不去探究你到底什么身份，只要你能把真相告诉我就好。"

"我不做这单生意。"他无情地开口。

"你对我有成见！"

我不服气，凭什么别人的生意可以做，轮到我苏荷叶的生意就不行，需要钱购买？行啊，计算金额昂贵，我可以慢慢还啊。

诞眼里夹杂着好笑的神情，而烛麟有些妥协地解释道："我有拒绝客人的权力。"

"理由呢？为什么拒绝？难道是因为我知道了你的身份？"我愤愤不平，夜色中我的眼神有几分慌乱和生气，"我答应你，我不说出去，你要是不放心，我们可以签订合约，这样也不可以吗？"

现场一阵沉默，我们面面相觑互相看了半天。

"不可以。"还没等我开口，他摇了摇头。

"喂！什么神秘人，我才不信你真有那么大的能力，恐怕是不知道在哪学了点皮毛异术，哄骗人呢。"我气呼呼的，义愤填膺地挥着手臂鄙视他。

"嘁……"诞递给我一个赞赏的眼神，似乎在说"我服你"。

"不准走！"

眼看着他马上就要离开，我飞快地喊道，音调都有几分破碎。

我忍无可忍，手指着他抖啊抖，"你考虑考虑，我有的是耐心，你要是不帮我，我就把你的秘密说出去。"只能想出这么可耻的威胁手段了。

他原本面无表情的脸瞬间漆黑，眼神里流露出让人心惊的神色。

我怎么觉得……他现在看起来有点可怕。

果然，伴随着"沙沙"的衣服和风的摩擦声，黑影像一支离弦的利箭向我冲来，我闭上眼睛，还没来得及喊出"救命"，风声一瞬间停了。

我急速地呼吸，透过指缝偷偷观察着眼前的状况，手忽然被他一把放下，烛麟手中提着那串飘飘荡荡的风铃，嘴角勾着冷冷的笑意，"这串风铃你再乱挂，小心我把你……咔。"

他做了个抹脖子的动作，像极了黑夜里冷血的吸血鬼。

"有病啊你，我才不怕，你吓唬不了我。"我害怕地推开他，怀疑他是不是中邪了，我心里紧张得七上八下，虚张声势地警告他，伸手就去夺风铃，"还我。"

他举高手，我一跳一跳地想去抢，奈何身高优势，我不能拿他怎么样。

"你有没有听过一个故事？"对上我目光的瞬间，他很神秘地说了一句，一双眼睛很有耐心地看着我。

"我没听过！"我凶狠地瞪着他。身边一阵冷风刮过，周围的温度都下降了好几度。

"和风铃有关的。"烛麟悠闲地坐在我的藤椅上，一下一下晃悠着指尖的风铃，像是在刻意营造出阴森的气氛，"故事是说有个女生特别钟爱风铃，她每天出门都要在门框上挂一串。但有一天她发现家里的东西有被动过的痕迹，于是她出门的时候架了摄影机。一回到家立刻就把录好的影片拿出来看。"

我抱了抱胳膊，感觉身边凉飕飕的，诞也紧紧依偎在烛麟的脚边，耳朵一动一动的，想听又不敢听。

"你猜怎么着？"烛麟故意摇了下手中的风铃，清脆的声音听得我打了一个激灵，他轻声轻语地说，"这个女生发现影片拍到一个陌生女子取走门上的风铃，走进了她的房间。女子进入房间后，东看看西看看，接着就进了衣柜。她继续看啊看，看这女子什么时候会出来。后来她看到自己进门了。就在这时，她背后的柜子里，发出了一阵风铃的声音和阴冷的笑声……"

"不要说啦！"我胆战心惊地看着他，身边的冷风阵阵，我害怕地观察了下他手中的风铃，然后迅速地转过头，瞅了一眼自己的房间，粗声粗气地嫌弃道，"风铃送你了，我不要了。"

"看你身后！"

但是，就在我好心好意地将风铃送给他时，烛麟震惊地指着我的背后，完全没有平时的镇定和冷静，他这样弄得我也紧张起来。

"你不要吓我！"我几乎是跳到了他背后，带着哭腔喊道。想不到他是这

样的人，比起会说话的诞和这个行踪不定的烛麟来说，我更害怕故事中的女子好不好？！

"嗯……"他点点头，之后停顿了一下才接着说，"不过我建议你，晚上最好检查下柜子，说不定……"

"要死了你。"我比着拳头举到他眼前，他似乎觉得制造的恐怖气氛差不多了，招呼了一声诞，回家了。

我连忙看向四周，没有人发现他这奇异的行为。

"小心点，别被人发现了。"我看着他就像逛商场一样在我们之间的阳台自由穿行，有点担心地提醒他，无意抬头间，似乎看到他脸上闪过一丝得意的笑容。

"晚安嗷。"诞尾巴一卷儿，笑得贼亮，同样越过阳台回去了。

"托你们的福。"我收拾着桌子上的一片狼藉，咬牙切齿地回答它。

最气人的是，当我回到房间，哪怕努力控制自己的思绪不去乱想，耳边却总是回响着烛麟讲过的那个故事。

眼睛扫过白色的挂衣柜，我冷得骨头一颤。

打开电脑，我搜索着关于"落樱铃""烛麟""少年"之类的关键词，搜索引擎上出现了各种各样的资料，其中有一段话吸引了我的注意。

传说烛龙族翳与妖之子，被神族妖族排斥，流落人间，不信这世间所谓正义所谓真情，认为每个人都有丑陋的一面。他以自己独有的能力收集和出售信息，传言有寻找他办事的人，只需夜晚在门外挂上落樱铃。

铃声清脆，樱花飞舞，吸引讹兽去通知它的主人，之后，暗地里的少年就会登门拜访。

……

05

鼠标一行行地滑下去，停留在那些字体上，我心里默念着整篇文章的内容，心里大致对他有了了解。

文中称呼这位神秘的少年为"烛"。传说他是烛龙和妖的孩子，因为被族人排斥无处可去，流落人间上千年大难不死，后来被一只神兽所救，烛为了生存于世，开始利用自己的能力做起了收集和贩卖信息的生意，某些消息用金钱买不到需要用一个同等价值或者超越价值的消息来交换，目的在于增大他的信息库容量，而某些信息可以直接支付报酬购买，这是为了维持他的生存。信息属于何种类型，怎么判断，全部由烛麟决定。

经过这么长的时间，他手上的信息岂不是不可估量？怪不得有一间那么大的玻璃房，恐怕这只是九牛一毛，其他地方说不定还有他不少财产呢。

这些事情倒是和我遇到的他符合。文中说为了不让人看出他不衰老的容颜，烛麟必须不停地换地方生活，这也是大家渐渐忘记他的原因，因为没有人知道他去了哪里，也许在天涯海角，也许，就在你的身边……

想到他上交的家庭资料，心里不免感觉到一阵心酸。看来，他这么长时间活得很寂寞吧，他并不快乐。

除此之外，还有一则消息很奇怪。它只有很短的文字，是说烛以前在人间的影响力非常大，后来不知道他遭受了什么事，慢慢地从大家的视野里消失了。年复一年，经过时间的洗礼，很多人都不知道有这么一位神奇的少年，传说能遇到他的人，靠的是一辈一辈，积累下来的缘分……

看着这些神乎其神的网页，上面的信息真真假假，让人哭笑不得，反观生活中的烛麟，我倒是觉得他和我们并无太多区别，那些与生俱来的能力让他显得与众不同，实际上，他也只是个很普通的少年啊。

一个外冷心热，吸引着我的少年。

关掉电脑，我看向外面，淡淡的月光洒满静谧的夜空，弥漫着一股淡淡的忧愁。

"原来这就是真实的你……"我手轻轻地伸着，隔着遥远的天际，想要触碰那万里之外的月亮。

那弯悬挂的月牙儿，冷清得像极了他的眉，我用力地握紧手心，空空的，什么都没有。也许对我而言，烛麟就如这水汪汪的月色一般，触不可及。

黑夜无边，一个身影同样站在夜色里，他只听见周遭远去的汽车声，风吹过树叶的声音。他的脖子间戴着一块透亮的灵石，蓝色的幽光映照在一张孤独的脸上，明明暗暗。

"怎么了，忧郁呢？"忽然身后一声响动，一团白色身影已经靠着他坐了下来，从屁股底下掏出一个毛线团，推到自己面前玩着，"我先跟你说喔，你脖子上这块玩意儿，禁不住你折腾了，你做事情前可要想清楚。"。

"你不是有事去了，怎么又折回来了？"烛麟看也没有看它，淡淡开口，眼睛仍然是望着前方的夜色。

"我不放心。"诞一只爪子摸了摸鼻子，另一只还是伸着揉着毛线团，尾音未落，便感到狗腿一沉，烛麟的黑色靴子蹭了蹭它表示亲近。因为这个小动作，诞一双眼睛瞪成了鸡蛋状，舌头也打起了结，"怎……怎么了，你是不是中邪了？"

"谢谢你，诞。"头顶上方低垂的脑袋忽然开口，声音里有一丝倦意，轻不可闻的几个字却仿佛用尽了一生的力气。

卸下疲倦，卸下骄傲，以及那些还不想去思考的未来。他只是庆幸在很久以前，还有这么一个朋友陪伴着他。

他说："无论我走了多远，遇到什么事，开心的痛苦的，只要还有你，我就知道自己不是一个人。就像我一个人站在这最深暗的黑夜里，以前或许我会痛苦，但是现在因为有你，我忽然觉得自己很幸运。我从来没有告诉你，我一直如此恐惧孤独，恐惧自己会默默地从活着到死去，不曾被谁知道，不曾被谁记得。"

诞扭头看着身边闭着眼睛的烛麟，它的眼神里没有了平日的贪玩嘻哈，却是少有的凝重，看着他略带苍白的脸，几缕发丝凌乱地落在额头，全是疲惫的神色。

是什么让他如此？几百年前，一颗心高高在上的他，哪里会有这种神色？此刻它却只有一种感觉，他把自己落在了厚厚的尘埃里。

"不曾被谁知道，不曾被谁记得？呵呵……现在不是被某个人知道了，被某个人记得了。不仅现在，以后还会嗷！"诞将某个人咬字很重，几下将那团毛线扯得稀烂，扔破布一样咬着丢进垃圾桶，好像是借故在对某人发脾气。

它感觉到烛麟有点不同了，这份不同自己猜不透，这让它有点莫名的烦躁。它不喜欢这样的烛麟。以前的烛麟多么张扬跋扈，多么不可一世，它喜欢看到那样的他，让别人敬畏，让别人害怕，只有那样它才觉得，没有辜负他受过的那些磨难。

"苏荷叶那个蠢女人啊……"

诞眼睛贼贼地瞅着对面亮着台灯的窗口，心里闷闷的。它破天荒地收起了自己的聒噪，想问烛麟的话太多，一开口，只是一句轻不可闻的叹气声。

它想问烛麟，会不会真的帮苏荷叶趣寻找真相。外面关于过去烛麟的传说，它懒得去听，它只知道根据烛麟现在的身体状况，很多消息他是不能去触碰的。

人类的信息分为很多种，其中关于仇恨、怨气这类的信息，烛麟要去探寻真相，其实对身体的损伤是最大的。这一点，他当然不会告诉苏荷叶。

诞眼睛也看着烛麟先前看向的地方，很远很远的地方，那里只有一片黑暗，重峦叠嶂的山峰和夜晚的雾气，以及一大片密集的树林，没有路也没有光，只有黑黑的一大团。

"诞，我该帮她吗？"烛麟的脸上掠过一丝惆怅，但是很快就消失不见，他望着对面那扇亮着橘黄色小台灯的窗户，少女一只手托着腮，好像也在思考什么。

晚风吹起了白色的窗帘，少女瘦小的影子在窗帘布上晃来晃去，晃得他心里十分不平静。

白色的神兽并没有看他，它只是望着外面，动了动嘴唇，没有说什么，摇头晃脑地叹气，好像比他们两个人还要心烦气躁。

"嗯？"烛麟回过头看着它，忍不住继续询问。

诞渐渐陷入了沉思，它将四只爪子舔舐得干干净净，然后摇了摇尾巴，若无其事地往客厅走去："其实我也不知道，嗷呜，随你，随你的心。啊我困了，我睡觉去。"

走到门口的时候，它突然看了一眼烛麟，发现他还是一脸茫然，瞬间失望地走进了自己专有的小房间，跳上床，在被子里蜷缩成一个圆饼状，眼睛一闭，睡了。

"随我的心……"

当诞离开，房间门一关，烛麟喃喃自语地说着它回答的话。

怦怦，怦怦……

冰冷的心脏快速地在跳动，千年的寒冰之地开出了温暖艳丽的花朵。一想

到那个明朗坚强的少女，他清晰地感觉到，一切似乎都和以前不一样了。

扑通扑通……

他听见了，安静的夜晚响起的快速的心跳声。

那是心动的声音。

第五章：

粉樱碎·心动

01

"唐璇，上周去你家，你家的房子好古典，好漂亮呀！"

"对啊对啊，还有你母亲，端庄典雅，就像，就像……"

"就像西方油画里的贵妇人一样！"

"对对对！超有气质！下次有机会我们还想去玩！"

……

一走进教室，我就看到烛麟座位旁边，以唐璇为圆心，以周围两排座位的距离为半径，聚集着一票吵吵闹闹的女生。

为难了烛麟，我已经有一周没看见他来上课了，不知道他是受不了每天要来找唐璇三次的女生，还是受不了强行和他同桌的千金小姐唐璇，也或者，两者都有原因。

可恶，这难道不算严重影响学生上课吗？

唐璇戴着耳机听着歌，等身边那群女生安静下来后，她扯下白色的耳机，抬起头用拒人于千里的语气说道："很抱歉上次邀请你们来我家玩，我的目的只是希望烛麟同学来，似乎我说得不够清楚，你们没有将我的请求带到！"

放下书包，听完这句话，我甚至不敢去看那群女生失望的脸色，这个唐璇如此的难以接近，就像一只骄傲的孔雀，不知道她们干什么去巴结她，白白碰一鼻子灰。

"小朵，你知道唐璇家里什么来头吗？"拿出课本，还有十分钟打早读

铃,我用笔戳了戳同桌施朵朵的胳膊,一脸好奇地问。

"喊,什么大小姐,有什么值得炫耀的。听说是唐璇家和校长很有关系,具体什么我搞不清楚。"施朵朵在做笔记,重重地在纸上画了几杠红线,头也不抬地回答我。

施朵朵不喜欢唐璇,看不惯她趾高气扬的行事作风,除了其他班常来送情书的男生和现在围着她转的那群女生,班上还有很多女生不与唐璇打交道。

"哦……这样啊。"我与施朵朵她们是同一阵营的,认同地点点头,看到唐璇这么关注烛麟,我小声地凑到施朵朵耳边问,"那个小朵,我问你哦,唐璇老把烛麟挂在嘴边,还刻意要和他同桌,你说她是不是喜欢他呀?"

说完,我感觉自己像个怕被人看穿心事的小偷。

"烛麟又不喜欢她。"施朵朵恨恨地说,然后她摆了摆手,示意我别说话了,她要看书了。

我狗腿地将她的书摆正,点点头,乖巧地闭上了嘴巴。

晚上放了学,我按照惯例沿着公交车路线回家,平日闭着眼睛都能勾画得出的街景,不知道怎么,今天显得格外可爱。

下了车,独自走在掉落着种子的人行道上,鼻间全都是香樟树的香气,我调皮地去踩那些黑色的种子,踩上去的时候,鞋子底下就会发出"咯吱咯吱"的声音。

"嘿嘿,一跳一个准耶!"我对着脚下的方块格子砖,一步一步地跳着往前走。

"喵喵……"

就在我跳累了,想停下来休息一会儿时,脑后方突然传来了猫咪的声音,我转过头去看,眼神相对的一瞬间,我的笑就跑出来了。

　　我现在所在的地方是一家公司的员工宿舍楼外，每天下车回绿绮小区时要走的一段路。宿舍楼用白色的防护栏和铁丝网围起来了。此刻，一只黄白相间的花猫，正站在刚好容得下它的护栏上，一边慢慢地走，一边警惕地看着我。

　　猫咪有些脏，全身上下像在煤堆里滚过，眼神里流露出畏人的胆怯，看起来像流浪猫。但是流浪猫也有固定的聚居点，不应当在这里呀。

　　"咦？小猫咪你怎么不回家？在这里干什么？"我友好地对着它打招呼，猫咪"喵喵"地对我叫了两声。

　　"饿了吧？等下哦。"我记得书包里有几块饼干，连忙拿出来，本来想将食物放到护栏上，但护栏太高了，我跳了几下都够不着。

　　"不好意思啊，只能让你下来了，你放心，我不会伤害你的。"我蹲下来，将饼干捏碎了放在地上，心想它可能害怕我，就站起来继续往前走去。

　　走了几步，悄悄地回过头一看，猫咪已经跳下来了，安安静静地吃着食物，想必饿坏了。

　　流浪猫本就对人类怀着很深的警戒心，我没有多想，加快脚步想去市场买点蔬菜水果准备晚餐。

　　等我走过一个十字路口，背后又传来了"喵喵喵"的声音，我回过头，发现它竟然还跟着我！

　　猫咪站在马路对面，犹豫地看着我。

　　"不要过来，不要过来。"我连忙朝它摆手摇头，也不知道它看不看得懂，可是它误会了我的意思，以为我是要它快点过来。

　　它高兴地"喵"了一声，莽撞地就往马路中间跑。

　　"危险！"眼看着红灯只有几秒了，我看到它朝我跑来，用力地咬了咬牙，快速地跑向马路中央。

　　快点快点……我心里默念着，只要快速地抱起它，再迅速地撤回来，时间

上应该来得及。

我蹲在马路中央，额头上冷汗直冒，心里急得不得了，怕吓着它，轻声地催促："快来，我抱你过去……"

这样想着，我咬了咬牙，看着跳动的红色数字和车，心里不停地祈祷着，车子会在绿灯亮起时直行、右转弯，右转弯时我根本看不清车况。

好在上天听到了我的祈祷，小猫歪着头犹豫了两秒，快速地跳进了我的怀中，就在我起身往回跑的瞬间，身后一辆车疯狂地冲来！

"啊！"我惊慌地叫了一声。

"喵喵。"猫咪也惊慌地叫着，几下就从我的怀中挣脱，跳了下去。

急速的刹车声响起，猫咪跑下去的一刹那，同时身后一阵剧烈的风声，一个冲出来的黑影快速地将我抱住，回到了安全的地方。

"喵喵！"

伴随着一阵惨叫，猫咪消失在车轮底下，地面上留下一道深深的黑色轮胎痕迹，急刹车的汽车差点飞出去。

司机气急败坏地停稳后，怒视着蹿出来的我和不知道去了哪儿的猫咪，呵斥道："喂！你没长眼睛吗？怎么走路的，突然蹿到马路上想被撞死吗？猫呢！刚刚那只不要命的畜生哪去了？"

我惊魂未定，偷偷地打量着车内满脸络腮胡子的人。他尖利的牙齿一开一合，口水横飞，正鼻孔朝天地教训着我，凶神恶煞的模样，一看就是不善良的司机。

"没事了。"救下我的人拍着我的背，轻声安慰我，我抬头看着烛麟温润光滑的下巴，听到他温暖的话，眼眶没出息地红了。

"我没有不遵守交通规则，我是为了猫……"我抽抽噎噎地解释。

"我知道的，看到了。"他轻言细语，听得我愈加难受。

旁边的司机骂骂咧咧的，看到我和烛麟，一把拉开车门，气势汹汹地走了下来，指着我们高声道："你刚刚的行为对我造成了严重的精神损失，你们必须赔偿。"

我和烛麟面面相觑，默契地没有说话。

沉默延续了几秒钟。

我眼睛不时地瞟向车底，猫咪怎么样了？我刚看到它逃往车底，是被压到了吗？

"喵喵……"

就在我哀痛地想着猫咪一定出事时，车轮底下忽然传来了虚弱的声音。猫咪"喵喵"叫着，慢慢地从车底下走了出来，原来它没事。

"你没事太好了。"我不费力气地挣脱开烛麟的怀抱，丢下还在找我算账的司机，几步跑到车旁蹲下，欣喜地说道，"我还以为……呀，你受伤了。"

看到猫咪的后腿有着血红色的污渍，我赶紧查看它的伤口。它亲昵地磨蹭着我的手，乖巧地不乱叫唤，湛蓝如宝石的双眼注视着我，仿佛在说着感谢。

02

"别怕别怕，没事了……"我小心地脱下外套，抱起它，缓解着它紧张的情绪。

"不是你闯红灯我能撞伤它？今儿你不赔钱，我告诉你，你走不了！"司机毫不讲理，看到我抱起猫，以为想找他麻烦，倒打一耙的叫嚷声更高了。

看到烛麟脸上怒气氤氲，下一秒就要拎司机的衣领，我忙挡在他身前，深深地对司机鞠了一躬，诚恳地道歉："叔叔，是我错了，我跟您道歉，对不起啊，您看您赶时间，我也不想把事情闹大，我们各退一步，好不好？"

"怎么退？"司机狐疑地看着我，脸色缓和了一点。

我笑着反问他："您想怎么退？您说。"

他态度很强硬："赔偿你躲不了，不然没商量。"

听到他的话，烛麟又想上前，我眼快地捉住他的手，明显感受到他的身体一僵，冷冷的眼眸不理解地看着我，似乎在责怪我太好说话。

我听见自己的声音铿锵有力："您要赔偿可以，但是有一个条件，您先要带我们去医治好猫咪，赔偿金额只要不过分，我就答应您。"

"小姑娘可要说话算话。"他冷嘲热讽。

"那当然。"

然后，我们在商议下达成了共识，将猫咪带去了附近的宠物医院，好在猫咪只是外伤，宠物医生开了药，吩咐了一些注意事项，就让我们离开了。

为了履行诺言，我取出了自己所有的积蓄，赔给那个司机大叔后，目送着心满意足的他，扬长远去。

从银行出来，我瞬间感觉今天的景物都灰蒙蒙一片，就像我沉重的心情。

"呼……"我长长地吐出一口气，抱着怀中的猫咪，伤心地看着它，"好啦，为了你，姐姐倾家荡产了，以后你就陪着我吧，当还债了。"

"愚蠢。"憋了很久的烛麟，看到我逗着猫咪，冷冷地抛出两个字。

"哪里愚蠢啦？"我不服气地望着他，仔细地解释给他听，"我以要治好猫为条件，赔钱了结这件事，要是再继续纠缠不清，我岂不是像那个大叔一样，变成了很讨厌的人，何况我吃点亏对小猫有好处，何乐不为。"

他说："他也有错，该受到惩罚。"

"我知道啊。"我裹好猫咪，慢慢地向前走，"他是有错，自然要受到惩罚的。"

他似乎有点发怒，望着我的眼睛里火星迸发："那你为什么还……"

"很简单啦。"我笑嘻嘻地看着猫咪，给它举高高，乐呵呵地回答，"因

为苏荷叶要做一个善良的人呐，猫咪也是哦。"

不知道是不是我的错觉，在那么一瞬间，我看到烛麟的眼睛里闪烁着一种夺目的光芒，好似有什么被毁灭，又有其他的东西在新生。

"整天仇视这个世界……"我白了他一眼，忘记了他刚刚还救了我的命，目光黏在猫咪身上，爱怜地看着它，"给你起个名字怎么样？今天大难不死，嗯……那就叫你平安？安安？"

"安安！"我抱着它转了个圈儿，为给它取了个名字感到十分开心。今天遇到它也算缘分，回家给它洗个澡，以后它就有家了。

"喵喵！"它叫得很欢快，似乎在感激我给了它名字。

"先给你买猫粮啦。"我噔噔地朝着一家宠物粮食店跑去，没有发觉到走在我后面的烛麟，他看着我的背影，脸上露出了掩饰不住的笑容。

这一刻他忽然意识到一件事，遇到这个少女后，不知道从什么时候起，他的生命似乎开始变得不同了。

回到小区楼下，我想起家里的洗浴室太小，水溢出来容易积水，在我的请求下，烛麟答应让我到他家帮猫洗澡。

安安的伤口不能碰水，我挽高袖子，戴着围裙，很小心地帮它梳理毛发，半个小时后，烛麟走了进来。

"你的猫洗得怎么样了？"烛麟靠在门口问我。

"啊？快好啦。"我以为他是催促我回去，一边拧毛巾，一边回答，站起身来把猫放进干净舒适的毛毯里，将大盆子里的脏水倒出去。

"洗完了来阳台吃东西。"

"咦？没关系啦，不用麻烦了。"

等我回过神，烛麟已经背对着我去厨房了。

"嗷呜……"伴随着抗议的叫声，门框边出现了一双圆溜溜的眼睛，诞试

探一样伸着爪子，想去碰一碰猫咪。

"喵喵！"

诞的爪子还没触碰到安安，一声惨烈的猫叫，吓得它瞬间跑没影了。我微笑着看着诞躲到沙发角落，一双不甘心的眼睛瞪着我，心里觉得爽翻了。

哈哈！谁知道天不怕地不怕的神兽诞，竟然会怕一只弱小的猫咪？

取下围裙，洗干净手，我弯下腰将猫抱起来，自来熟地往客厅走，诞见我靠近，躲我躲得老远，我环视了一周，坏笑着朝一个小房间走去。

"嗷！嗷！嗷！"诞"嗖"的一声跑到了门前，似乎不想让我进去，看到有猫在场，它还懂事地只学狗叫，这点让我挺欣慰的。

"怎么？不让啊？"我把猫往前一送，诞吓得往后一跳，差点打了个滚儿。相持之下，它不情愿地"呜呜"几声，意思是让我进去。

"谢谢诞。"我满意地点点头，走进房间，把猫咪安置好，然后才转身去阳台。

夜深了，一轮清月攀爬至中天，悄悄地拂映着城市里的人们。月光如水般淡淡地倾泻下来，落在我的脸上、身上、眉间、嘴角。

我低头笑了笑，看着烛麟围着白色的围裙走进走出，无语静思。

他像一个专业的厨师，一样一样地从厨房里端出精美的食物来到阳台上。烛麟家的阳台比我租的房子的阳台大了很多，圆弧线的半封闭式设计，左手边角落的花架上摆着一盆盆植物，右手边是一排书架。

阳台中间放着一张咖啡色的圆桌，此刻上面摆满了酒水和他亲手烹制的糕点，我看着那些散发着馥郁浓香的蛋糕、饼干，忽然记起曾经班门弄斧地教他烹饪的事，心里不由觉得惭愧。

他这哪是不会，根本就是懒得亲自动手做好吗？

　　看来诞也是第一次享受这种待遇，它端端正正地在桌前坐好，眼馋地盯着一道道食物，口水都快滴到地上了。

　　"你的猫受伤了，很多食物不适合食用，厨房里我热着给它吃的东西，等会儿你打包带回去。"最后一盘甜品端上来，烛麟松了松衬衫领口，解下围裙对我说。

　　"好啊，辛苦你了。"我由衷地感谢道。

　　拿起刀叉，我笑盈盈地说道："亲爱的厨师先生，那我开动咯！"

　　他挑嘴一笑："嗯，吃吧。"

　　我们三个开动了晚餐。

　　"诞，你别抢我东西，你是狗，脏死啦！"

　　"嗷嗷嗷！"

　　"烛麟烛麟，快把那盘栗子糕递过来，都快被它吃光了！"

　　"厨房还有。"

　　"不行！我就看不惯这个家伙！"

　　"嗷嗷。"

　　……

　　十几秒后，阳台上吵吵嚷嚷的，食物和酒水洒得满桌都是。

　　十分钟后，手上拿着叉子的少女，怒气冲冲地追着一团白色生物跑来跑去，大叫道："谁叫你给我红酒杯里加盐的！"

　　少年优雅地端着一杯红酒，微笑地看着他们跑来跑去，嘴角的笑意越来越浓，终于在那团白色生物不小心撞进了垃圾桶，顶着一头芝麻酱，嗷嗷乱叫地跳出来时，他忍不住笑出了声。

　　家里好久没这么热闹了……

03

诞不知道逃到了哪儿，我也跟它闹得筋疲力尽，瘫倒在花架旁的椅子上，吭哧吭哧地喘着粗气。

目光看向花架上，咦？什么时候多了一盆米兰花，翠绿色的叶子簇拥着精巧的花骨朵儿，鼻子用力一吸，还能闻到淡淡的香气。

"好漂亮……"我从椅子上挪动，蹲下来，认真地望了望那株花，问烛麟，"这是你最近买的吗？之前没看到呢。"

"捡来的。"

"……"

"喜欢就拿去。"

我触碰着叶子的手一惊："真的吗？你舍得啊？"

他"嗯"了一声，看着我说："别人丢在路边的东西，我不过花了点心思养活，有何舍不得。"

"哈哈，好啦，好啦，知道你超级有爱心，无比强大啦，我收下了。"我不客气地抱起花，嗅着清淡的花香，爱不释手。

又待了十几分钟，我擦了擦手，起身告辞："没什么事我就先回去了，谢谢你的晚餐哦。"

"那个……"刚走出几步，烛麟叫住了我。

"还有事啊？"我对他扬起灿烂的笑容，心里有点期待，不知不觉中，我似乎很喜欢和他相处，和他说话。

另一方面，已经这么晚了，我赖在这儿不走，反倒会让他觉得我是很随便的女生。

"等下一起去楼下散步。"

他的声音适时地在我耳边响起，语气柔软缓慢，我甚至听出了害怕被拒绝的味道。

路灯的光从他的身后散发出来，异常轻柔，他的脸逆着光，全身被包裹在淡淡的光晕中，我看着他的眼睛，那里面藏着试探、忧郁、伤感、勇气，所有的情绪化为了一句邀请。

我看着他深邃的目光，心跳突然变得很快。然后，我听见自己细若蚊虫的声音，带着丝丝颤抖，像一阵轻风，飘在了温柔的夜色中。

"好啊。"

把猫送回家，把那盆花摆到了房间的窗台上，我简单梳洗了一下跑下楼，便看到烛麟在等我。

天空的云层增厚，走过一排排的垂柳，月光便弱了些，只在青石路上投落下细碎的光影，周围的寂静造就了一种压抑之感。

绿绮小区公园，我还是第一次来这儿散步。

一路无言，我们慢慢地走到了人工湖边，木桥上响着一重一轻的脚步声，静立着的水岸边倒映着我们的倒影，远处的树林里有小虫窸窸簌簌的声音，声声入耳。

"叶……"淡淡的声音出口，在寂静的夜里尤显空远。

"啊？怎，怎么了？"我浑身不自在，说一句怕错，走一步怕乱。

他在离我几米远的地方停下。棱角分明的脸部线条，在月光下镀上了淡淡的光泽，没有那么冷漠，柔和了不少。

"我答应帮你。"那双幽暗深邃的眸子，静静地看着我，"上次我的态度很差，对不起。"

一切都成了画，他对着我走来，在我的眼前停住，我静静地低着头，不敢

108

看他。

"谢，谢谢你啊，你要是为难的话，我没关系的……"我像个机械人一样地回答，牙齿都快磕到了舌头上。

夜晚细密的水汽粘在我的睫毛上，我抬起头，拼命地眨眼睛，眨啊眨，后脑勺忽然被一只手托住了。

在我傻傻地看着他，不知道他要做什么时，眼前一阵眩晕，在我闭眼的瞬间，一双凉凉的唇覆了上来。冰冰的，带着一丝生疏和颤抖，那双单薄的唇在我眼睛上，轻轻地吻下。

轰隆！

脑中一片空白，在我恢复正常思考的刹那，短暂的吻已经结束了，同时我的脖颈间，响起了诱惑般的耳语："如果你知道了什么，那这就是你们常说的封口费。"

"小叶，爱哭鬼，爱哭鬼！一到雷雨天就哭，羞羞羞。"

"哼，我的眼睛里藏着大海，阿湛你再笑话我，我就不跟你玩了。"

"阿湛啊，我们家小叶有隐疾，一到雨天就容易流泪，你以后可要好好保护她哟。"

童年的话涌上心头，我看着眼前的人，泪水如泉涌，只是这次的泪水没有刺痛感，眼睛似乎完全好了。

他温热的指尖抚过我的眼角，轻轻地擦去我的眼泪，轻声唤道："叶，你别哭。"

"对不起，我……你是怎么知道……"怎么知道我心里有着这个秘密，像不敢示人的伤口，我每天努力笑着，也是因为不能哭啊。

"我有什么不知道的。"他等了一会儿，柔声说。

是了，我倒是差点忘记了，他是厉害的烛麟大人，这点小秘密对他而言，

算什么！他不说话还好，他一开口，我的眼泪流得更凶了。

"你不哭，我补偿你。"似乎是想到了什么，他勉强地安抚着我胸膛里这颗伤感的心。

我又哭又笑，实在不愿意在他面前这么丢人，只好擦了擦眼睛问："你说真的吗？我……我不哭，你说是什么补偿？"

"只是不知道，这地方有没有？"烛麟轻言一句，说不清是对着我，还是自己。

他看着夜空，手拂过灵石，然后摊开手掌心，只见他变魔术般的手心里出现了一团荧光色的粉末，粉末像被包裹在一个淡淡的光球中，悬浮在手心，发出阵阵怡人的淡香味儿。

我像个好奇的小孩，望着他，连眼泪都忘记了流。

"来了。"时间过去了几分钟，他忽然神秘地看了我一眼，轻笑道。

"来什么啦？我没……天呐！"我抬眼看去，大群的萤火虫向着我们所在的方向飞来，绿色的萤火如流动的光带，越来越近，最后停在我们周围。

光带一下子散开了，一只只萤火虫飞舞开来，它们或是在水面低低飞舞，或是停留在脚边的草叶上，或是停落在我和烛麟的肩上，他的发梢上星星点点，我的眼前闪闪生光。

四周亮了起来，虫儿围绕着我们，像是为我和他织起了流动夜光，绿光笼罩着我们，淡淡的光晕向四周漫散开去。

"好美……"我伸出手，一只萤火虫停落在我的指尖，小翅膀扑棱扑棱，尾巴一闪一闪，我屏住呼吸一动不敢动，生怕吓走了它。

记忆在倒退。记得很小的时候，我在爷爷家后院，最喜欢干的事就是捉萤火虫。那时候成片的萤火虫，美得像一场回不去的梦，今天竟然在钢筋水泥的城市里见到了。

　　我眼里有了几分动容，看着他手中的光，朝他露出一个温暖的笑容："没到盛夏怎么能引来它们，这是什么东西？"

　　"只是一些招虫的小技。"少年得意一笑，将手中的粉末全部洒向空中，虫儿在聚拢，越来越多。

　　"我好喜欢。"我轻轻笑了，放飞了指尖的那只小虫，心情特别特别好，提起裙摆，向前奔去，去扑那些飞舞的小精灵。

　　少年安静地看着少女，她兴奋地笑着闹着，宛若一个纯真的孩子，快乐的身影像流进他心底的嘈嘈水声，融化了冰雪，内心那个世界春暖花开。

　　空气中是淡淡的清香味，细粉扬起，萤火虫便朝着两人的方向，骚动着，飞舞着。

　　"我也好喜欢……你。"他轻叹一声，微微一笑，仰首看虫儿自由地飞舞，最后那个字轻得像呼吸声。

　　我喜欢你。

　　他听见心底的声音说。

　　渐渐的，粉末散去，空气中的香气渐渐消失，萤火虫飞开了去。四周安静了下来，月光柔柔地洒下来，宁静的湖面染了淡淡的银色清辉。

　　夜，美如画。

　　04

　　"嘻嘻……"坐在窗边看着外面的树叶簌簌作响，我手指间夹着一支笔，想到那晚壮观的萤火虫画面，禁不住偷偷笑出声。

　　"苏荷叶，你魔怔了？"脑袋上一疼，我嘟着嘴，回头看到施朵朵递来一本书，"35页的笔记你记一下，很重要。"

　　我咽了咽口水，唇边不自觉含着一抹恬静的笑，犹犹豫豫地问道："小

朵，我问你，如果一个人送你礼物，知道你的秘密，会对你笑，给你制造惊喜，这代表什么呀？"

"代表你偶像剧看多了，花痴。"施朵朵的反应，吓了我一跳，我看了看她鼻梁上瓶盖底厚的眼镜，叹了口气。

苏荷叶啊苏荷叶……你问一个书呆子这种问题，果然是傻了啊。说着，我忍不住扶额，在纸上画了个Q版猪头，然后在旁边题字：猪荷叶。

施朵朵正扶着眼镜在算题，看到我的涂鸦，痛心疾首地摇了摇头，我连忙用胳膊将图挡住，扯了扯嘴角，尴尬地笑："嘿嘿，纯属娱乐……"

"叮当"一声，手机在课桌里响起来，我急切地翻开看，上面写着：诞想吃你做的抹茶慕斯蛋糕，我不会做。

抬头望过去，坐在角落的烛麟一本正经地听着课，手却不规矩地在座位下发送信息。唐璇看到我的目光看向烛麟，狠狠地瞪了我一眼。

我撇撇嘴收回目光。

昨天我便收到了莫名其妙的短信，起先还不知道是谁，直到信息内容出现"诞"，我才知道烛麟早买了手机。我在他家帮猫洗澡的那一次，手机扔在桌上，他说很"凑巧"地看到了我的号码。

话都是他在说，我才不信呢。

课间，施朵朵撞了撞我的胳膊，我正在抄写笔记，下意识地回答："哎呀呀，我就快好了，别催我嘛。"

施朵朵伸过来一只手，捏住我的下巴，将我的头抬起，压低声音道："外面有人找你。"

看到熟悉的背影时，我的手一抖，笔不自觉地掉了下去。

同时，从我的视线看过去，我看到烛麟，银针一样的目光射向湛卢，他放

下手机，回头淡淡扫了我一眼，看得我全身一阵阵发凉。

我头疼欲裂，硬着头皮走出去，不安地走上前，挤出一个难看的笑容："湛卢，你来了。"

"不欢迎我？"

这一次见到我，他的脸上不见了大大咧咧的笑容，沉默了一会儿，反问的话，听得我有几分不舒服。

"没呢，有点意外。"我干巴巴地笑。

"我有事情问你，你跟我来。"

他突然提脚就走，头也不回地走下楼梯，我连拒绝的时间都没有。

"哎！"我应了一声，回头担心地看了眼烛麟，拔腿追了上去，一直追到学校的田径场。

"阿湛！阿湛！"他的步子越来越快，我追不上，忍不住惊呼出声，疲倦的声音回响在空气中。

他抿了下干裂的嘴唇，停住脚步，看了看四周，跑道的另一头，有几个学生坐在草坪上聊天，塑胶跑道上有两个学生在跑步。

"你知不知道他是什么人？"湛卢垂下眼睑，看不清楚眼底的神色，半天才传来他明显带怒气的一句话。

"谁呀？你怎么啦？这么远跑来就是对我生气的吗？"我面带讥诮，气势凌人，一双眸子正对着他，怒气比他更大。

"你知道我说的谁，烛麟。"他嘲讽了一句，"其实我去你住的地方找过你，好巧，每次你都和他在一起，喊着他的名字。"

"我就看不惯你有事藏着掖着，莫名其妙冲我发什么火？"我稳了稳摇晃的身体，鼻孔朝天，"你有话直说。"

　　"好，那我告诉你，半个月前我去找你，就在你家的小区楼下，你猜我看到了什么？我看见烛麟令路边一根枯枝开了花！那是被人家扔掉的米兰花啊！死都死了，在他手上一会儿工夫就活了，你说这怎么解释？"湛卢嗤笑道，仿佛听到了好笑的笑话，眼神里都是轻蔑的狂意。

　　我张大了嘴，一时间说不出话来，原来那株米兰花是这么救活的。

　　"小叶，你也感到不可思议对吧？"看到我的表情，湛卢淡淡地笑了下，挑高眉头，幸灾乐祸地说，"我早看出来这个人不简单，没想到心机这么深，他接近你肯定有目的，不行，我不能容忍这么危险的人留在你们学校，小叶，我要去见你们老师！"

　　我怔了怔，不过诧异只持续了一眨眼，我死死地拉住他，张开双臂拦在他面前："湛卢你不要冲动，不可以这样，你会伤害到他的。"

　　"为什么不可以？我偏要。"湛卢冷哼一声，忽然他像想到了什么，眉头越蹙越紧，用怀疑的目光看着我，"小叶，我刚刚说的这些事，换作任何一个人都会感觉震惊不可思议，但是你反应这么平静……"

　　"你是不是早知道了？"湛卢身形停滞了一下，仿佛在努力压抑着什么，脸上是痛苦的表情，咬牙切齿地追问，"你包庇他？"

　　"我没有。"我的声音清晰地回答，毫不退缩地看着他，不得不承认他的话每一句都是事实。

　　尽管这样，我也绝对不能让任何人威胁到烛麟，如果他的身份和能力人尽皆知，后果，我想都不敢想。

　　"你喜欢他？"几个有力的字出口，传来拳头"咯吱"的脆响声，我看着他手臂上青筋暴起，太阳穴突突直跳，心里感觉到害怕。

　　我真的喜欢烛麟吗？

　　上一次湛卢也这样问过我。

起风了，带起了碎碎的花瓣，扬扬地从树叶间落下，落进我层层绵绵的心田，一瓣又一瓣，熟悉而遥远的香气，让人想起那些相处的过往，一幕幕，甜得像春天里的一支棉花糖，无比珍贵，让人舍不得吃。

我的头，蜻蜓点水般，轻轻地点了一下。

"那我呢……"有呢喃声在我耳边响起，心似乎被锥子扎中了，那么痛苦，"小叶，你真的不在乎吗？喜欢你这么久的我，算什么呢……"

我的心像被石锤砸中了，一下一下，闷闷地发疼。我睁大眼睛，盯着苦笑的湛卢，花瓣轻如蝶翼，一片片掉落到地上，像谁的叹息，久久都不愿停……

风吹得我额前的头发飞舞，遮住了我震惊的眼，湛卢伸着手，想要帮我将好凌乱的发丝，手指在靠近我脸颊的地方，顿了顿，最后还是收了回去。

"我知道了……小叶，呵呵，你知道吗？我觉得自己很可笑……"他一步步后退，笑容很破碎，离开的背影冷得像一柄寒剑。

"小叶，我们来玩过家家呀，我当王子，你当公主，童话书里都说最后的结局，王子会永远永远保护公主，他们幸福地生活在一起了。"

"小叶，我求求你，你别哭啦，苏爷爷说你的眼睛不能哭的，所以你每天都要开开心心的哦，你要是受欺负了，就来找阿湛出气，放心，我很强壮的，不怕受伤。"

"小叶、小叶……"

记忆中的她总是那般快乐的、自由的、迷人的，像一颗坚强的种子，很久很久以前，就在他心里生了根，发了芽，拔不掉了。

他以为这就是两小无猜，青梅竹马，在他们长大后就会变成永恒，谁知道……她想要扎根成长的梦田，却从来都不是他。

湛卢紧紧地握着拳头，抬头望着天空，泪却流了下来。

05

夜晚有着独有的幽静，我保持着一个姿势躺在床上，后背上有丝丝凉意袭来，透过衣服直接传递到了肌肤上，我阖着眼睑，却是无法睡去，耳畔是细雨拍打在窗户上的噼啪声。

"那我呢……小叶，你真的不在乎吗？喜欢你这么久的我，算什么呢……你知道吗？我觉得自己很可笑……"

喜欢我？我懒懒地撑开眼皮，脑中晃过湛卢伤心的脸，好像从小到大，他是对我很好，可是……我从来只把他当亲人呀，我也喜欢湛卢，可是这种喜欢跟他的喜欢，这是不一样的。湛卢离开那天，我无意识地看了一眼教学楼，烛麟孤零零地站在楼上，看着田径场我们争吵的一幕，凭他的能力，不知道他是听到了？还是没听到？

几天过去了，我一直回想那天的场景，烦躁地抓了抓头发，坐了起来。

晚上下了几场雨，气温偏低，空气中还残留着微凉的湿意，窗外的树叶笼罩着一层黑色，在路灯光下颜色更深沉了一些，树顶尖光照到的叶片，油油地反射着些亮光。

"哎……要命！好烦呐！"我揉了揉鼻子，感觉喉咙干涩得有些发疼，可能是感冒了。

蹑手蹑脚地走到客厅，猫儿蜷缩成一团，睡得很香，我没有吵醒它，手机屏幕上显示着八点二十分，我在抽屉里没找到感冒药，披上睡衣，拿上钥匙出了门。

街道上夜市繁华，到处是咖啡馆，大排档，服装店，路过的行人不断，三五成群聚会的，赏景游玩的，驾车远去的……两边的房子鳞次栉比，入夜的细雨洒在白砖红瓦的楼阁上，水波粼粼。

雨下得很小，我出来匆忙没有带伞，戴上衣服上的帽子，我寻着一家最近

的药店，买了些药出来了。

出了门，看到烛麟撑着一把青色的雨伞，站在门外，他眨眨眼睛，用手指指前方，示意一起同行："我看到你没带伞出了门。"

我"啊"了一声，躲到他的伞下，连连点头："晚餐没吃什么，感觉有点不舒服，跑下来买点药，很快上去啦。"

我声音刚落，他将伞伸到我手里，人已经先一步踏进了雨中。

"等我。"他说。

我看着前面那个身影，"去哪"还没问出口，他已经快速地走进了一条巷子。我犹豫了一下，怕他也被雨淋病，几步追了上去。

巷子很宽敞，一排排气派的饭店敞开着店门，灯火辉煌，等着客人的大驾光临，这里有一家店是烛麟常来的，他走上二楼，前台的经理看到他，用迎接贵客的姿态，问道："烛麟先生，您需要什么？"

烛麟静静地思索了一会儿，点了一份粥，一份驱寒的热汤和一些开胃的小吃，他坐在旁边的一间雅座，立刻有服务员端上一杯散发着浓浓香气的热茶。

他安静地喝着茶，知道点的东西，一时半会儿也上不来。雅座是按照中国风设计的，旁边放置着供客人赏玩的古琴、棋盘，烛麟拿过那盒黑白棋子，自己下了起来。

我寻着他的步子追上来，走上二楼，环视了一圈，正好从勾花镂空的隔板间看见雅座内的情形。

少年斜靠在窗边，眼睛目不转睛地看着面前的棋盘。十九路纵横棋盘上，漆黑与雪白的棋子杀伐从容，他靠窗半倚着，眉宇之间有一丝慵懒，手边放着的茶杯正袅袅冒着热气。

他眼眸低垂，嘴角含笑，面上浮现出莫测的笑容，他静静地笑了一会儿，

才低声道："叶，可是看够了？"

"哪，哪有啦。"我这才意识到自己已经在门口站了太久，无力地辩驳着，抿了一下嘴唇，推开门步入。

见到我坐下来，眼明手快的服务员，用紫砂壶端上来一壶茶，烛麟微笑着要服务员下去，不用麻烦。

我拿起茶壶，给自己斟了一杯茶，茶叶在滚烫的水中晕开，清香袭鼻。我端起茶杯吹了几下，还没有入口，一只修长的手将茶杯接了过去。

"浓茶伤胃，对病人不宜。"他起身，将茶杯里的茶倒在了一旁的空皿里，走到一旁的自助茶饮那儿，倒了一杯白开水，放到我的面前。

我的心和胃都暖暖的，没想到他是这样细心的一个人，看来，对于他这个人，可挖掘的优点还很多嘛。

我们等了大概十几分钟，礼貌谦和的服务员，将烛麟点的餐打包送了过来，烛麟顺手又放到我手里，提醒道："晚上饿就暖暖胃。"

"好……"我小手指轻轻地勾着打包盒，嘴里喃喃地说，他接过我手中的伞，带着我走到一楼，出了这家店。

烛麟送我回到家，转身走了。

我站在卫生间里，看着镜中的自己，眼睛里闪着亮晶晶的光彩，我忽然觉得所有的不快都一扫而空。

"烛麟，谢谢你啊，我会努力的！"

想到遇见他的这些日子，所有的事涌进我的脑海，准备挥拳头给自己加加油，忽然传来了敲玻璃的声音。

诞白绒绒的一团，带着一双贼兮兮的眼睛来拜访我，我纳闷地放它进来。

五分钟后。

某小区房间，玩具砸得满天飞的客厅，一人一狗怒气冲冲地站着，不时传

来机械版的对话声和"嗷嗷"声。

"臭蛋！我告诉你那是感冒药，不是吃的！"某少女愤怒的声音。

"嗷呜！"一个茶杯被撞倒，摔在地上的声音。

"喂喂喂！你给我吐出来，吐出来啊！吃了会死的。"继续愤怒道。

一个毛绒小熊从低空中飞过，砸到了屋里的猫窝上。

"喵！"被吓醒的猫咪，斗士一般冲出来，被吵醒的怒气让它快速地朝着诞冲去，"喵……"

同时，门突然被风带开，一只白色宠物弹跳着，飞了出来。

"竟然怕我们平安，哈哈哈……"

诞的身后，传来了少女夸张的笑声和猫咪胜利的"喵喵"声。

不知道过了多久，逃跑出来的诞认输了。它趴到窗户边，嘴角一勾，虚张声势地说："总有一天我要把那只猫的喉咙咬断。"

烛麟穿着居家睡衣，正在酒架上倒红酒，回过头，轻飘飘地笑了一声："呵呵。"

"嗷呜。"身后，又是一声响，诞气馁地跑回房间，贼溜溜的眼睛里一片灰暗，心情不好。

在这种极其轻松的气氛里，时间似乎过得很缓慢。早上的时候，我下楼又遇到烛麟，他最近似乎一直在等我去上学。

他反常的行为，几次都想让我去问他原因，那个埋藏在我们心中的秘密，那个我们不敢去触碰的答案。同时，我也害怕出现其他不可预料的事，只能耐心地等那一天的到来。

"风铃还你，下一次你挂上它，我便会前来帮你。"放学回家，在小区里，烛麟将上次拿走的落樱铃还给我。

"我……"我欲言又止，其实我很想问问他，帮我会不会对他造成什么不

好的影响，当初他不会毫无理由地拒绝我，除非……有不得已的苦衷？

我的目光投到他的脸上，看着他明明想问很多事，然而他毫不在意地一笑，挥挥手，转身走进了楼道入口。

苏荷叶，为什么你这么想哭呢？我在心里质问着自己，深吸一口气，勉强压下了酸涩的感觉，目送着他的背影，眼神幽深。

丁零……

手上的风铃随风而响，清脆的铃声，传进我的耳内，我的内心一片茫然。

真相……

我闭了闭眼，感觉自己如一根漂浮的芦苇草，无力渺小，眼前漆黑一片，那个让人害怕又令人期待的真相，俨然一个漩涡，慢慢地将我吸进去。

第六章：

梦樱错·距离

01

米黄色的花朵绽放在枝叶茂密，叶色葱绿光亮的花盆里，房间内清香四溢，气味似兰花，又比兰花多了一丝说不清道不明的气味。

"他说花也是有生命的，要我爱惜你呢。"我轻轻碰着花枝的星状小花瓣，自言自语，"你说我该不该挂出风铃？"

"喵……"平安走进来，围着我的脚边转，它似乎感觉到了我不佳的情绪，小脑袋小爪子蹭着我的脚踝，一双水汪汪的湛蓝眼睛看着我。

"我没事啦，是不是饿了？走，姐姐给你煮好吃的。"我一脸宠爱地抱起它，摸了摸它的脑袋，就往厨房走去。

自从平安闯入我的生活后，我感觉日子充实了很多。每天上学放学，家里不再是冷冷清清的，推门回来，它总会以最快的速度冲出来迎接我。

夜深人静，平安已经睡下了，我再一次抱着双膝坐在沙发上，望着手中挂断的电话发起了呆。

每周我都会给爷爷打三次电话，在电话中，我知道爷爷种了什么菜晒干了哪种药材，知道村头的魏阿姨生了宝宝很健康，知道阿湛的妈妈又给我们家送了补品……

可我关心的事，我却一点也不知道，我不知道被我伤了心的阿湛他怎么样？我不知道如果固执地去深究二爷爷和爷爷的话会怎么样？也不知道住在对

面的那个少年，他会发生什么事……

这个星期我一直都在回想，小时候和现在的一切就像是幻觉一样。那些走进我生命中的人，总是在我脑海中闪现，而等我想要集中精力去分析时，爸爸妈妈梦中带血的表情就会再次浮现在我眼前，阻止我继续思考下去。

其实对于他们，我印象极淡极浅，太多的疑惑和难过缠绕在我的心里，我不知道为了故去的人们去做这些事，到底有没有意义？

在我想清楚之前，我已经起身，拿着一个苹果走去了卧室，轻轻地哼唱了起来。

"I dream of holding you all night and holding you seem right （我梦见拥抱你整夜 拥抱你似乎很自然），Perhaps that's my reality （大概这就是我的真实），Met you by surprise, I didn't realize （无意中遇见你，我并不了解）……"

是的，我学了这首烛麟常常播放的歌。

从卧室出来，我的手上已经拿了一串风铃，走到阳台上，踮起脚，轻轻地挂起来，悦耳的声音响起来。

隔着几臂长的阳台距离，烛麟坐在高高的栏杆上，右手拿着一个酒瓶，左手拿着一个酒杯，自饮自酌，瞥见了出来的我，他送到嘴边的酒杯停了一下。

我的手紧紧捏着苹果，站在离他不远处的阳台，不知道他为何忧愁。

他将嘴边的一杯酒，仰头饮尽，动了一下身子，蜷起右腿，找了个比较舒服的坐姿，又将杯子满上了："想问什么就开口。"

我说："不要喝那么多红酒。"

他收回了眼光，面容沉静，眼神里看不出什么情绪，就在我以为他会生气的时候，他起身如一阵风，落到了我的眼前。

"好。"他伸手，将满满的一杯酒倾倒干净，饶有意味地抬眼望了一眼我，"我不喝，但你要拿东西跟我换。"

我下意识地低头，将还没来得及吃的苹果举到他面前，他摇了摇头，依旧是那副平静的表情。

"那……"我话没有说完，定定地瞧着他，他勾嘴一笑，方向一转，直直向我的唇上袭来。

淡淡的酒香充斥在我的唇间，他孩子气地在我唇瓣上啄了一下，把酒瓶和酒杯放到我手中，看着傻愣愣的我，笑了笑，醉醺醺地说："嗯，换好了。"

丁零零的风铃在风中摇曳着，铃儿互相撞击发出清脆声音，这清脆的响声是如此宁静，像一曲优雅钢琴音的伴奏，像一只蝴蝶围绕着心悄悄地飞翔，触动过的地方花儿慢慢在盛开……

我看着他的笑，明亮的眼睛里藏着开心，看到他心情这么好，我心口扑通扑通地乱跳，微笑的眼睛里掠过一丝忧虑，忍不住问："你是不是醉了？"

尽管脑袋中乱得像有一群蜜蜂嗡嗡直响，我站直了身体，紧张地问他。他手指无意识地摩挲过我脖间佩戴的小灵石，露出一副若有所思的表情。

"你想要购买什么？"他收回手，很认真地问。

没有醉？

那他刚刚……

我吃了一惊，但是看着烛麟的表情，似乎还有话说，所以我勉强压抑住了想询问的心情，等着他继续说。

"可有作为支付的酬金？"他问。

"没有，我没钱了。"我小声地回答，上次存的钱，因为平安全都赔给了那个大叔，要不是爷爷每月会按时打生活费给我，我下一顿的饭都还不知道在

哪儿。

"可有作为同等价值交换的消息？"问我的时候，他的神情很郑重，"或者超越价值的消息来交换？"

我好像没有什么同等和超越价值的消息……

一股难以言说的忧虑迅速笼罩了我的内心，我捏着手中的苹果在他面前犹豫了半天，最终还是想不出怎么办。

就在这时，头顶上方传来一句隐隐约约的叹息："秘密也可以。"

咦？他这是为了我在改变生意原则了？我抬起头，烛麟凝视着我，如高贵的王子，殷红的嘴唇逆着光，对我勾起一丝鼓励的微笑。

"暗恋你算不算秘密……"

我偷偷地打量他，几乎用听不到的声音开口，对上他深沉的眼睛，那里面和我一样似乎蕴藏着千言万语，我定定地看过去，那片澄澈的黑眸里，装着我慌乱的身影。

说到这里，没有等他反应过来，我鼓起勇气继续说："不知道从什么时候开始，睡觉会想起你的笑，上课会走神回忆我们相处的点点滴滴，只要一想到你，我再坏的心情也能变好，你为我做的那些细小的事，每一件我都看在眼里，表面上我没说什么，但是私底下我总要偷偷猜想你的心，又害怕自己的心思被你知晓。"

我的话像是投到水中的小石子，瞬间打破了静谧的气氛，风吹拂在我们身侧，扑面而来的凉爽，稍微缓解了我的躁动心情。

沉默延续在安静的夜里，我感觉他的呼吸喷在我的耳侧，令我面红耳赤。

良久，他点了点头，像掩饰了心情般，音调沉沉地道："交易开始。"

"啪嗒"两声，在我们身后的路灯忽然熄灭了，无边无际的黑暗中，只有

落樱女
四季歌
The girl and the
four seasons of
cherry trees

他脖子上的灵石散发出柔和的光芒。

烛麟取下那块灵石，闭着眼睛，他的手心裹着那块奇异的石头，淡淡的光芒从石头里面穿透出来，光芒越来越亮眼，似乎要将整个黑夜照亮。

慢慢地那块石头像融化般，变成了一股溪流，溪流汇聚到一起，成了一面椭圆形的镜子模样，镜子悬浮在我和他之间，镜面流动着银色的波浪，波浪渐渐地平息下去，镜面开始变得光滑，可是里面却照不出一人一物。

"不会被人发现吗？"我看着镜子里流动着的光，担心地问，刚刚动静那么大，光芒亮得如同白昼，周围的人肯定看到了。

他的声音很温厚，透出让我心安的笑意："你看看现在在哪儿。"

经他一提醒，我扭头看向身边，惊讶得说不出话来。这哪还在阳台，根本是一个封闭的空间，手上的苹果也不见了，乳白色的雾气弥漫在四周，只有我和他相对而立，仿佛世界只剩下我们两个人。

"手伸过来。"他说。

我听话地伸过去，我的手被他宽厚的手掌包裹着，他牵着我走到镜子前，将我的手向镜面贴去。

一瞬间指尖有股莫名的力量牵引着我，源源不断的热量传进了我的心脏。

"烛麟镜，告诉我她父母的死因。"烛麟放下我的手，对着镜面问话。

镜面上的光波流动起来，越来越快，越来越快，变成了一阵银色的旋风，转动成了黑色的旋涡，时间一分一秒过去，旋涡慢了下来，最后回到了起初的样子。

02

像放映电影般，镜面上开始呈现出画面，画面似乎有几分熟悉。

冬夜街头的积雪还没有完全融化，两边种满如血红梅的道路延伸到一座宅院前，宅院被桐制栅栏包围静静伫立着，凛冽的北风摇落下片片梅花花瓣，落蕊缤纷。

丁零……

大门外的路灯发出孤零零的响声，灯杆挂钩处突兀地挂着一串风铃，路灯下，一个妇人望着远处漫无边际的黑夜，好像在等谁。

在她转过头来的一刹那，我跟烛麟都露出了不可置信的神色——唐璇！

不对不对，准确地来说，妇人只是和唐璇长得很像，那眼角的细纹是骗不了人的。与其说她是上了岁数的唐璇，不如说是与唐璇有关系的亲人。

下一刻，画面一转，妇人目光里有盈盈的泪光和难以掩盖的心痛，她对着谁恳求道："我的小女儿唐樱离奇失踪了，我怀疑她被坏人捉走了，想请问您能否找到她的下落……同等价值交换的消息？我知道……我有个朋友他不久前杀了人。"

听到这句令人咋舌的话，我看到烛麟的眉头皱起，难道画面中那个妇人恳求的人，就是过去的烛麟？

他见过那个妇人？像现在这样，在很久以前的冬夜，做了一单生意？

我抬起头来，疑惑的目光透过烛麟镜淡淡的亮光，落在烛麟清冷的脸上，在我们耳边，画面中妇人还在大喊大叫。

"我没有！我没有说谎。你不要诬赖我……你有什么证据！我看你像骗子，什么挂串风铃就来交易消息，什么交换消息不能购买，我看你这个江湖术士就想设套栽赃我。"

"我只是偶然在家中找到母亲的日记本，上面写着联系你的方法和关于失踪妹妹唐樱的只言片语，我一时好奇，好奇母亲会有怎样的秘密。"

失踪妹妹……唐樱……

烛麟想起了被捉弄的那个夜晚，也有一个人，曾经这样无礼傲慢地对他大喊大叫，他的头忽然痛起来，脖子像被人掐住了，喘不过气来。

"你怎么了？"我看着他苍白的脸色和踉跄的身体，连忙扶住他。

他缓缓地推开我的手，浓密的眉宇间让人感觉到森寒："里面那个女人，我忘记了，但是……唐璇找过我。"

"怎么会？她难道发现了你的身份？"我不由得紧张起来，联想到唐璇转学，和他同桌，难道风传她暗恋烛麟是假的？她是在试探他吗？

"还不至于，但她的确是在怀疑我。"烛麟想了想，看到我焦急的脸色，抿着单薄的唇，每次他抿着嘴角，都代表他不高兴，这个小细节是我无意中发现的。

我眨了眨眼睛，拍拍胸口，松了一口气："那还好。"

他看着我，眼睛里充满了复杂的情绪，我当然不知道他已经觉察出了我的身世，仍旧好奇地想去碰烛麟镜。

镜面平复了，里面流动着的光波像水银，又像无数颗沉睡的星星，散发着柔和的光。

"别碰它。"叱喝声吓我一跳，我转过头，烛麟不知道想起什么，将我拉到身后，手覆在上面，闭着眼睛搅动着那一波银光，"普通人触碰烛麟镜，会被灼伤。"

难怪他要牵着我的手，之前那股热源，也许就是他为了保护我，在耗费自己的力量吧，我暗暗地想。

镜子逐渐消失，由一摊银色浪波，渐渐变回了一块幽蓝色石头，淡淡的光芒从石头里面穿透出来，烛麟重新戴上那块灵石，脸色惨白。

路灯又亮了起来，我手上的苹果还在，刚刚在烛麟镜中看到的一切，颇不真实。

"烛麟，我父母的事与唐家有关，对吗？"

我看着他俊美的容颜，忍不住问了出来，他苍白的脸色好了些，觉察到我的目光，他点点头，向我投来一个安心的眼神："我们周末去拜访唐家，我来安排。"

因为这个陌生妇人的突然出现，我觉得最有可能的真相是，唐家与我的父母有着极其密切的关系。就算事实真的是这样，那爷爷为什么要把这些事瞒着我呢？

我怎么想都想不通，只是觉得心里越来越闷，答应了周末和烛麟一同前去唐家。

一到周末，烛麟便问了唐璇家的地址，一路驾车，载我前往。

"想不到你还会开车。"听着里面低缓的音乐声，我看着窗外的风景飞速地倒退，想到他不用手机居然会开车，了然地自说自话，"不对，你平时也不需要车啊。"

"路比较远。"他的视线淡淡往我脸上一扫。

"对哦，总不能飞着去。"我露出一个堪称温和的笑容，开着他的玩笑。

车子疾驰过市内的大道，进入郊区，二十分钟后，我们行驶在一条两边种满花的道路上。这就是烛麟镜中出现的那条路，不同的是，当时的红梅变成了朱顶红。

尽头是一座伫立在青山绿水间的老宅，像是中欧世纪的吸血鬼城堡。

目及所见皆是璀璨炫目的彩绘窗棂和栩栩如生的大理石浮雕，宅子两旁有

六根高大的圆柱，鲜艳悦目。

我们下了车，走过一个喷泉，水花飞溅，十分清冷，蔓生的植物攀爬在外墙，没有给宅子增加生气，反而让人觉得有点阴森。

"您好，我们是唐璇的同学。"走到一个凉亭，胡子发白的守门人打量了我们一眼，然后拿起电话，几分钟后，他开启了大门。

"谢谢您。"

我们走过一条长长的鹅卵石道路，宅子里面怪石林立，环山衔水，廊回路转，像是进入了一座迷宫。气派的外面看起来修缮过，进入到府宅里面，才看得出，这栋古色古香的宅子已有些年月。

"给我钱我也不住，阴森森的。"我抱了抱胳膊，一瞬间想起了烛麟说过的那个关于风铃的恐怖故事，寒意扑面而来，周围的空气似乎都冷了。

"你来了！"

突然，一个张扬的声音打断了我胡思乱想的思绪。我和烛麟的视线都集中到了那个声音的来源处，一抹艳丽的明黄。

一身洋装的黄衣少女已经走到了眼前，蕾丝裙摆随风摆动，脖子上的宝石项链夺人眼目，那双散发出喜悦的眼眸在看到烛麟身后的我时，倏地变得锋利起来。

"她是谁？我没邀请她来。"斩钉截铁的语气里，带着不欢迎的厌恶。

轻轻吹过的风里带着馨香，烛麟只是静静地站在那里，一直到唐璇大声质问的声音落下，他才毫不在意回答："叶是我邀请来的。"

"叶？哟，叫得这么亲密，不会是女朋友吧？"还没等我松口气，唐璇的嘴角露出一丝惨笑。

"不欢迎我们，我们就不打扰了。"烛麟的语气里，隐隐有着不快。

"欢迎，当然欢迎，跟我进来吧。"

唐璇说完，发出一声寒彻至极的冷笑，转身往前走去，白色的公主鞋，毫不留情地踩在一地娇嫩的落花上。

03

前面隐约是一栋古堡，古堡大门外，有个看起来德高望重的奶奶和戴着金丝眼镜助手模样的人，带着几个女仆装的佣人等待着。

那个奶奶挂着一根拐杖，满头白发，身体看起来很硬朗，瞅见我们走过来，微微地弯腰，脸色严肃："小姐，夫人在休息，待客不要大声喧哗。"

"是，阿芙奶奶。"唐璇恭恭敬敬地回答。

旁边的人无动于衷，似乎习惯了他们这样见面寒暄的方式。

"噗。"我没忍住轻笑出声，这老奶奶竟然降得住飞扬跋扈的唐璇，我觉得自己真是开了眼界。

阿芙奶奶才注意到旁边的我，就在唐璇狠狠地瞪了我一眼，以为阿芙奶奶会生气时，老人家只是挂了下拐杖，很认真地打量我。

"唔，不好意思。"我很小声地道歉。

阿芙奶奶眯着眼睛，满是皱纹的脸上颤抖着，目光里流露出无限的慈爱，她颤颤巍巍地走上前来握住我的手，语气慌张："你是樱小姐……"

烛麟和唐璇怔在原地。

我一边尴尬地躲开，一边争辩："不是，奶奶，我是唐璇的同学，我叫苏荷叶……"

"不是樱小姐……"阿芙奶奶看着近在咫尺的我摇头，仿佛从来没有认识我这个人，唐璇连忙扶住站立不稳的她。

"她是我同学，您糊涂了。"唐璇心里一阵恶寒，突然一把推开我，扶着阿芙奶奶走进去。

烛麟用眼神示意我小心行事，我点点头，跟在一群人身后走进了唐家大宅。刚踏进宽大奢华的客厅，阿芙奶奶突然抬头朝二楼看去。

"夫人您怎么起来了？"

旋转楼梯通往二楼，窗口一阵冷风灌了进来，昏暗的壁灯下，一袭白裙的女人不声不响地站在楼梯口，低垂的脸被漆黑的长发挡住，第一眼看上去真是有点吓人。

"咳咳……"她的身体似乎不太好，缓缓抬起头的瞬间，呆滞的眼神和病态的苍白脸色吓了我一跳。

"母亲。"唐璇一怔，连忙点头称呼。

"怎么了？"烛麟察觉到一丝不对劲，悄悄问我。

"来客人了？"唐夫人忽然冷冷地开口，慢慢沿着楼梯走下来，白色的睡裙在地上拖着，她抬起头，脸色在灯光的照耀下越发惨白。

她的肌肤保养得非常好，整个人看上去却有些憔悴。唐夫人似乎正看着我，但瞳孔涣散，焦距不知在何处。

"璇儿上次来的那帮人，吵得我头疼。"沙哑的声音毫无生气。

"对不起，下次不会了。"唐璇指了指沙发，露出一个乖巧的笑容，"您请坐，我马上给您泡茶。"

裙摆曳地，唐夫人走下楼，重重地坐在了沙发上，看她一脸漠然的表情，我扯了扯烛麟的袖子，嗫嚅着说："她好像就是……"

"咳咳咳！"唐夫人突然剧烈地咳嗽起来，她微微张嘴，似乎想说什么，一阵痛苦的呻吟代替了她想说的话。她伸手捂住自己的胸口，似乎有什么东西

啃咬她的五脏一样，她垂着头，好像非常痛苦。

阿芙奶奶倒吸一口凉气，全身不禁一抖，赶快吩咐身侧的仆人跑去拿药、倒水。

"还不快点，你们都是死人吗？"唐夫人虚弱的声音响起，却包含着不容忽视的威严。

"夫人您别动怒，陆医生说你不能生气啊。"阿芙奶奶慌慌张张地迎上去，抚摸着唐夫人的后背给她顺气，把药和水送到她手中。

吃下几片白色的药，唐夫人重重地喘着气，好一阵子才慢慢安静下来，吩咐道："芙管家，我要茶。"

"好的，夫人。"拐杖声随着脚步，一下下敲击在地板上。

端着一杯热红茶的唐璇，紧闭着嘴唇，唇色有些泛青，然后，她转身走到垃圾桶边，将一杯茶倒了进去。

茶端上来，阿芙奶奶低着头站到一边。

"唐夫人。"烛麟的目光落在了唐夫人躬着的脊背上，她看上去只是一个瘦弱的中年妇人，却让他闻到了一丝不同寻常的危险气味。

"你们……是谁？"唐夫人看着我和烛麟，眼里有微微的吃惊，她似乎忘了这间房子里还有两个陌生人的存在。

"我们想请问你一些事。"烛麟说。

唐夫人抬头，不悦道："什么事？"

烛麟为难地看了下左右，似乎想说些什么，唐夫人猜到了他的心思，吩咐道："阿芙，你带他们先下去，我和这两位客人有话说。"

阿芙奶奶看了唐夫人一眼，点了点头。

唐夫人望着没有动静的唐璇，用似乎是吩咐，又似乎是命令的口吻道：

落樱少女
The girl and the
四季歌
four seasons of
cherry trees

"璇儿，你也下去。"

"……"唐璇愣住。

母亲的面容在强烈的水晶灯光下看起来异常惨白，那双呆滞的眼眸不再有年轻时的桀骜，也不像自己那般妖媚漂亮，而是有一种说不出的死寂，让唐璇一向高傲的心有了想反抗的冲动。

母亲的身体像入秋的植物，正在以看不见的速度迅速衰败下去，这是个不争的事实。

看到唐夫人不打算改变主意，唐璇低下了高贵的头，不甘心地顺从："是的，母亲……"

身边的人三三两两下去，客厅里安静了下来，很快只剩下我、唐夫人和烛麟三个人。

客厅沉重的大门被关上，听到响声，唐夫人收回了望向窗外的目光，只是在我们身上淡淡一扫，脸上依然一片灰暗。

"才刚春末，这园子里就堆满了落叶。"唐夫人说完，从沙发上坐起来，看着我们冷静地开口，"可惜了。"

大约是被她灰败的表情和长发间隐藏的银发触动了，我用正眼瞧了瞧这位贵妇人一般的夫人，心里忽然有点同情她。

之前教室里那群女生夸赞唐夫人的话浮现在耳边，我咋舌，感觉十分好笑，像欧洲油画里的贵妇？有气质？现在的唐夫人，病体蹒跚，毫无生气，顶多还剩下几分姿色。

我看向窗外，高大粗壮的树木，弯弯曲曲地围绕着房子，挡住了阳光的照射，使得原本采光不好的房间愈加阴暗，也不知道那是什么树，现在这个季

节，大片大片的黄叶无力地从枝头脱落，在地上落了厚厚的一层。

烛麟抬头看了看唐夫人，面无表情地走到她面前，毫不可惜地说："人类尚且有生死，树叶同样有荣枯，季节所至，使命所在，唐夫人不用感伤。"

唐夫人眉目憔悴，眼神中隐约透着一股倦意，她的大拇指上戴着一个绿扳指，有一种复古陈旧的美。

她看上去不再年轻，岁月无情地在她的肌肤上刻下痕迹。她走到烛麟面前的时候，不自觉微微扬起脸，显露她在这座府宅地位的尊贵，"你们找我何事？说。"

"唐夫人，我们想知道，贵府曾经有没有发生过什么大事？"烛麟压得住她凌厉的气势，借着身高优势，居高临下地问。

他的眉目含情却略显冷漠，开口的瞬间透出一股肃杀的戾气，他的面容冷峻，在自恃清高的唐夫人面前，不输任何谈话的气场。

我还是第一次见到这样子的烛麟，仿佛还是记忆中的那个人，又仿佛有什么东西不一样了，在我面前的他，从未有过这样冷酷的一面。

04

大事？面对烛麟的咄咄逼人，唐夫人表情冷淡无常，如机械声一样地说："没有，唐宅几十年来一直安宁祥和，不劳烦外人操心。"

烛麟抿了抿唇，眼神看向了别处，轻声询问："有没有走失过什么人？一个对你非常重要的人。"

唐夫人怒不可遏，冲到烛麟的身边，直接指着他的鼻子，声音夸张："你是什么意思？在咒我唐宅吗？"

"你不必激动，我只是在问问题。"烛麟云淡风轻。

"放肆！"唐夫人杀气腾腾，顿时来了脾气。

烛麟笑了笑，轻轻松松地说出一个名字："唐樱。"

唐夫人顿时脸色大变，听到这个被遗忘了多年的名字，她脚步虚浮了一下，一时半会儿说不出话来。

她反应了过来，这回却是全神贯注地盯着烛麟，强忍住的悲戚声，在场的人听到都不免要流泪："你……你是什么人？"

唐夫人喉咙里发出痛苦的呜咽声，好似被匕首扎中了心脏，完全失去了一个当家人的风范。她扯住烛麟的衣袖，膝盖一软就要跪下："你是不是知道她的下落，阿樱……我可怜的孩子。"

"夫人！"我见状，心中不忍，站出来扶住她，她挣脱我的手，依旧是失魂落魄的样子，想去哀求烛麟。

"很抱歉我不知道，我只是来确认这件事。"烛麟皱眉，眼睛深如寒潭闪动着幽幽的光泽。

"什么……"听到这个回答，唐夫人恍如梦醒，竟然失语了。

我还保持着搀扶唐夫人的动作，她眨了眨黑眼圈深重的眼睛，心中一室，两行清泪顺着眼角瞬间流了下来。

"唐夫人你没事吧？"幸好我内心足够强大，不然一个堪当自己母亲的女人歪倒在怀中流泪，换作胆小的人早乱了手脚。

"你先坐下来，你这样让我们很为难。"我说。

唐夫人一双眼睛无神地看着房间的空地，我见她没反应，拉着她回到沙发旁，对烛麟使了一个眼色，示意他先别刺激唐夫人。

没想到，唐夫人一把推开我，换了一种十分坚决的表情，冷冰冰地开口："我累了，改日再邀请你们来家里做客，疾病缠身，刚才是我失态了，还望两

位见谅。"

说完，她拖着长长的睡袍，看也不看我们就往楼上走。

"哎！唐夫人。"我赶紧追了上去，大喊，"我们还有话没问完。"

"不送了。"她的脚步径直朝楼梯走去，我无语地看着她的背影，烛麟耸耸肩，好像在说我也很无奈。

我拿唐夫人没办法，只好采取以不变应万变的办法，想等她心情平静了，以后再来拜访，本来这次就是借着唐璇的名头来的唐家，既然问不到其他有意义的线索，我们说了几句感谢的话，便匆匆告辞了。

从唐宅回来，跟烛麟告别后，我脑海中疑云重重，事情变得更复杂了。拼凑目前仅有的线索，我心中有无数的疑问。

烛麟镜中的唐夫人为什么那么激动？唐樱是唐夫人的孩子吗？走失了？为什么会走失？还有，大宅前，阿芙奶奶握着我的手那反常的一幕。

唐樱，樱小姐……

一个大胆的想法如惊雷，在我的脑海中一下炸响了——如果唐樱就是我？我是唐樱是不是这一切就说得通了？我是唐樱所以二爷爷讨厌我？唐家和苏家有剪不开的恩怨？

倘若"我是唐樱"这个假设成立，我出车祸的父母因唐家而死，那唐夫人就是爷爷的仇人，爷爷怎么会收养仇家的孩子呢？难道还有其他没有出现的人？乱了乱了，这么多奇奇怪怪的线索牵扯到一起，搅得我无法正常思考。

哎……又要失眠了！我心中哀叹。

今夜注定是个不眠之夜，而笼罩在巨大的阴影中的唐宅，一间大得夸张的书房内，同样灯火通明。

呼啦啦的翻找声不停地响起，唐夫人脸色苍白，嘴角猩红，埋头在一排书架和抽屉上，似乎在寻找什么重要的东西。冷冽的风在怒号，刮得树枝拍打在窗户上直响。

"芙管家！芙管家！"唐夫人暴躁地拍着桌子，凄厉的喊声在夜晚听起来有几分吓人。睡在三楼房间的唐璇，听到风中传来母亲的怒喊，一颗心紧张得快速跳动。

白色柔软的天鹅绒被子下，唐璇的手死死地抱着一样东西，仔细看去，那是一本灰色的羊皮卷日记，她偷来的。

从小到大，唐夫人对她就像一个严苛的独裁者，她顺从唐夫人给她安排的一切，无论是打扮穿着、言行举止、学习生活，她很努力的做到完美，却永远得不到半句夸奖。

唐璇不知道自己做错了什么，父亲在她一岁的时候去世了，她所有的印象来源于唐夫人的教导，在这个宫殿一样的唐家，她见不到一张唐夫人和父亲的合照。长大后的她，隐约才觉得不对劲，有一次她去书房找一本书，无意中看到了这本日记，翻到里面的内容更是让她震惊不已。

日记是唐夫人的，根据上面的字迹和内容，可以看出当时的唐夫人还很年轻，前半部分全是少女的恋爱心声，唐璇自然而然地代入了父亲，日记的后面却字迹凌乱，撕毁了很多页，里面的话也前言不搭后语，有忏悔、有悔恨、有绝望、有思念……仿佛预示着主人受到了什么强烈的刺激。

值得一提的是，通过日记唐璇知道了自己竟然还有一个妹妹——唐樱！那些撕掉的页数似乎全是关于唐樱的文字，残留的只有只言片语，日记里还不停地提到"秘密""家族"这些字眼，让人看得一头雾水，日记的最后写着几段话——关于神秘少年"烛"的能力和联系他的方法。

所以，那次唐璇大着胆子按照日记提到的方法，瞒着唐家所有人，挂上了一只落樱铃，没想到那个少年真的来了！她在诧异急切下惹怒了那个少年，这是至今她最后悔的事了。后来她背地里也挂过几次风铃，但是少年却像消失了，再也没有出现过。

她在网上搜寻了各种各样关于"烛"的信息，找到了一个叫烛麟的苏伦学院学生，可是烛麟的资料太简单了，像被人刻意抹去了，所以她怀疑他的真实身份。

唐夫人暴怒的声音依然在楼下回响，唐璇躬起身子心惊地抱住自己和日记，这是她第二次做这么出格的事。

上次的事历历在目，她恳求唐夫人允许她转学，唐夫人让她在房间内跪了三天三夜，终于在她晕倒时妥协了，通过关系找到了和唐家关系很好的校长，满足了她的心愿。

偷日记的事如果被唐夫人发现了……

唐璇一想到这种可能，害怕地打了个冷颤，全身不由自主地开始发抖。

夜，似乎更黑了。

05

"报应！报应啊！他来找我了，他来找我了！"

身穿白色睡袍的唐夫人疯狂奔跑，空荡荡的客厅里，响起凌乱慌张的脚步声，她披散着长发，脸色更加惨白了。

"他偷了我的日记！他来了，啊！"

唐夫人一边跑，一边抱着脑袋拼命摇头，脸上的表情因为恐惧而有些扭曲，突然，她脚下一个踉跄。

唐夫人摔倒在地上。

"夫人！"阿芙奶奶瞳孔一阵收缩，扔掉拐杖，跌跌撞撞地跑过去扶她，抱住她，像安慰自己的孩子一样安慰她，"先生没有来，您别怕，别怕，他没有来。"

"没来……"唐夫人剧烈地咳嗽了一声，把空洞的视线移回到老人脸上，声音虚弱地问，"你没骗我？"

看到对方近乎崩溃的样子，阿芙奶奶慢慢地皱起了眉头，她似乎想起了什么人，轻轻帮唐夫人整理好凌乱的长发，低头轻声说："不骗，阿芙从不骗夫人，夜深了，我扶您去休息，睡一觉就好了……"

唐夫人像个无助的孩子，坐在地上一动不动，任凭身边的人将她扶起来，她失神的眼珠子瞪着二楼的楼梯间。

见到母亲的目光投向自己藏身的方向，起来查看情况的唐璇连忙后退，闪身躲进了角落的阴影里。

眼看阿芙奶奶扶着唐夫人上来，唐璇迈开步子，轻快地跑回自己的房间。

唐璇回到房内，轻手轻脚地关好门，脱掉毛拖，像一只机敏的狸猫，迅速地躲进了被子里。

"咯吱……"就在她刚闭上眼睛装睡时，房门被人推开了，阿芙奶奶看着地板上一横一竖的两只拖鞋，皱成一团的被子，心中瞬间清明。

少女来不及盖好被子的胳膊还露在外面，阿芙奶奶轻轻地叹息，走到床边帮少女掖好被子，沉默了一会儿，呼吸的热气喷在唐璇的肌肤上："小姐，夫人她心里也苦，你就原谅她吧。"

柔和的台灯温温地亮着，唐璇挑了挑眉，没有做任何回应，一双紧闭的眼睛带着微妙的情绪睁开了。

她看着眼前墙上阿芙奶奶的影子，弯腰帮她放好拖鞋，脚步声慢慢走向门口，话语带着警告的意味："东西放回去了，我就当作什么都不知道。"

门咔嚓一声关上。

"啊！"唐璇烦躁地从床上坐起来，转头看向阿芙奶奶走出去的房门，视线移到自己书柜上那一排金灿灿的荣誉证书和奖杯，嗔怒地对着空气生气，"呵，不就是一本日记？以前的她是暴君，现在的她是疯子，我从来不知道什么是母爱，像个傀儡一样不明不白地活着，原谅她？说起来容易，我原谅她，谁来可怜我！"

她气腾腾地躺下去，完全把阿芙奶奶的提醒抛到了九霄云外，可笑！她堂堂唐家大小姐，为什么总是怕一个佣人呢？还怕了这么多年！

不管怎么说，她今天实在太累了，一天之内经历了讨厌苏荷叶、讨厌母亲、讨厌阿芙奶奶的烦躁心情，再加上偷了日记害怕被发现的恐惧，她的精神和体力的消耗都极大，所以她必须好好休息。

明天再说吧……

唐璇慎重地将日记本藏到枕头底下，心里默念着以后要做的事，渐渐地进入了梦乡。

清晨，金黄色的阳光穿透白灰色的云朵，呈现出了火红色的云彩，变化无穷。唐宅院子里的石榴花渐渐开放了，像一片燃烧的烈火，又像黄昏升起的红艳艳的晚霞。

唐夫人梳了一个精致的发髻，化着浓妆，穿着一身红裙站在窗前，雍容华贵，仿佛那晚那个疯疯癫癫的妇人，是另一个人。

"夫人，您吩咐我们查的人，我们查清楚了。"有人递上来一个密封的信

封，一双戴着白色手套的手，捧着唐夫人想要的信息，低着头，等待女主人的亲启。

是当日阿芙奶奶身边的那个助手。

唐夫人的病时好时坏，发病的时候宛若三岁的孩童，清醒的时候她又是那个手段凌厉的女主人，只是近两年，她清醒的日子，似乎越来越少了。

涂着鲜红色指甲的手拿过信封，撕开，取出里面的资料和照片，照片中全是一个少女，有不同年龄阶段的单人照，也有和一位老人的少量合照，背景不像在城市，倒像在偏僻的山村。

唐夫人翻开那页薄薄的资料纸，视线落在了一行字上——苏荷叶，唯一亲人，爷爷苏钦羡，父亲苏瑞，母亲何穗，均已亡故，死亡原因车祸。

苏瑞，何穗。

唐夫人眺望着那一簇簇血红的石榴花，手轻轻地按摩着太阳穴，这两个名字似乎很熟悉，却怎么也想不起来了，果然她也老了吗？

"金助手，你可认识苏瑞和何穗？"她问。

"回夫人的话，这个我需要调查，有可能在唐宅做过事也不一定。"助手回答。

唐夫人慢悠悠地点头，目光淡淡扫过一脸严肃的助手，回头吩咐他："你查查苏钦羡这个人，我想知道他们是不是有血缘关系？"

"夫人，如果苏小姐就是樱小姐……"经验丰富的助手没有继续说了，毕竟这件事牵扯到唐夫人最关心的失踪的孩子，他不敢贸然决定。

这件事在唐家一直是个禁忌。

有多久了呢？金助手望着唐夫人爬满了皱纹的眼角，十八年了，离樱小姐失踪已经整整十八年了。

当年唐夫人和唐先生闹那么大，然后唐先生心脏病去世，仆人们各自辞职回了老家，也有些心术不正的人，偷偷拿了唐家的财产偷跑，还有些知道唐夫人秘密的人，怀疑是唐夫人害死了唐先生，甚至胆大包天地来敲诈勒索，那时候唐家乱成一片，他还年轻，毅然跟着阿芙奶奶留在了唐家。

这个女人，手上并不干净，很多阴暗的事还是他帮着背地里做的，她似乎不曾被谁理解，包括被她养育的大小姐唐璇，但就是这样的她，撑起了家大业大的唐家，唐家能够安稳地走到今天都是靠她。

唐夫人冷笑了一声，低垂的眉眼看不清神色，金助手只听到一句话，包含着一股强硬的决心，传进他的耳朵中。

"属于唐家的人，必须回到唐家，不惜一切代价和手段。"

金助手不说话了，是啊，这才是唐夫人，尽管她生病了偶尔犯糊涂，可她毕竟是唐夫人。

看到身后的助手在发呆，唐夫人的声音柔和不少："金助手，你觉得有什么不妥？"

"不是……好的，夫人，我知道了。"金助手顿了一下回答。

"你发什么呆？"唐夫人笑了笑，看着他，眼睛里含着疲倦，她张开嘴喘了一口气，忍不住咳嗽起来。

"我会办好的，我只是觉得，夫人为了樱小姐，也应该保重自己。"金助手鞠了一躬，退出了房间。

咳嗽声渐渐小了下去，唐夫人不动声色地回味着助手关心的话，那双充满着血丝的眼眸，更加灰暗了。

放在桌上的信封，上面摊开了一沓照片，最上面一张，蓝天白云，明朗的少女盘膝坐在碧绿色的草地上，眉眼稚嫩，笑靥如花。

　　起风了，石榴花一点点被吹散在风中，像撒开的纱裙，像纷飞的柳絮，随风飞进房间，落在那一沓照片上，火红的花瓣，如凋敝的心，如泣血的泪。

　　阿樱啊……

　　妈妈好想你……

第七章：
春樱残·真相

落樱少女
四季歌
The girl and the
four seasons of
cherry trees

01

我又做起了那个梦，一棵樱花树下，粉色的樱花随风泼泼洒洒，树下站着一个陌生女人，她背对着我，眺望远方，梦里的她穿着长长的白裙，周而复始地唱着一首童谣。

"风不吹，云不飘，蓝蓝的天空静悄悄，小小船儿轻轻摇，小鸟不飞也不叫，小宝宝，好好睡一觉……"轻快的童谣被她唱得很忧伤，她转过身，我看到了唐夫人的脸，她流着眼泪说，"阿樱，你回来了……"

……

醒来刷牙的时候，我的头有些疼，坐在桌前啃面包、喝牛奶，拿起手机发现里面的收件箱躺着一条短信。

短信内容里，烛麟约我去"樱之恋"餐厅，就在离我们小区不远的地方，我去的时候，烛麟已经到了。

他招了招手，我笑着打招呼，在他对面坐下来。

舒适的西餐厅里，面前摆放着几叠精致可口的西式点心，绘着水墨画的紫砂壶上冒着热气，手边的青瓷描边茶杯散发着参茶独有的淡淡清香。

"怎么会约我？有消息了？"看到烛麟云淡风轻的样子，我忍不住问。

"你看看。"烛麟伸出手，将一叠报纸递到我手里。我迟疑了一下，拿过报纸，发现它已经很旧了，泛黄的纸张上面刊登着堪比历史的陈年旧事。

我心里疑惑，对烛麟说："看什么啊？怎么啦？"说完我就想将报纸还给他，烛麟啜了一口茶。

他看了我一眼，跟着提醒道："仔细看看。"

"烛麟，你真是……"卖什么关子，我摇摇头，只得逐字逐行地阅读起来，正面都是些无关紧要的八卦，翻到反面，看着看着我不出声了，拳头不由得握起。

不用烛麟提醒，我快速地翻开了其他报纸，快速地寻找到自己想要的信息：苏氏夫妻雨夜惨死疑为飙车、年轻夫妻车祸身亡背后竟有黑幕、夫妻车内吵架导致两人身亡……

这些全部是当年有关我父母车祸的报道，虽然报道切入点和侧重点各有不同，但均写到了那场车祸的惨烈，汽车发生爆炸后又下了暴雨，最后被警方断定为事故。

这些事爷爷告诉过我，第一次这么近距离地看到这些新闻，我仍旧觉得不可思议，心情沉重。

"重点是这篇。"烛麟语气坚定，伸出一根手指敲了敲其中的一张报纸，淡淡地说。

我沉默了一会儿，不明所以地看向烛麟，低头看到他手指敲过的地方——"千金"遭绑唐家主仆有何恩怨大仇。

在我浏览的时间，烛麟似乎想到了什么，闷雷一样的声音刺激着我的耳膜："这篇报道存疑，只说了唐家失踪过一个孩子，有人猜测是下人与唐家结仇所为，除了这个关键信息，其他都是关于唐家生意上的手段，并无太多参考价值。"

我低下了头，久久没有说话。

落樱少女
四季歌
The girl and the
four seasons of
cherry trees

此刻，我心里忽然涌现了一个很可怕的猜想：如果我的"父母"是唐家的仇人，他们为了报复，绑架了唐家的孩子呢？如果在逃跑的途中，他们发生了什么"意外"，是不是就可以解释了？而我，因为一些机缘巧合活下来了，并且落到了唐家仇人的手中，某一天是不是能成为他们的筹码？难道爷爷他……

丁零零……

手机这时候响了起来。

我默默地看着跳动的屏幕，听到烛麟的轻咳了两声，这才不情愿滑到了接听键。

"小叶……"阿湛像刚哭过，声音沙哑得像一只垂暮的猫。

他简单地说了几句话，我越听眉头皱得越紧，没等他说完，我腾地一下站起身，抓过沙发上的包包，就开始往外跑。

烛麟看着我，叫了我几声我都没听到。

"好好，我就来！"我打断湛卢的话，语气急切，匆匆挂了电话。

"小叶……有人来药房闹事，有个患者来看病，事后病情更加严重，他们诬赖药房卖假药，带人来闹事，爷爷他受了伤……"

"爷爷不让我们告诉你，我和妈妈就在苏伦市明光医院照顾爷爷，现在爷爷情况严重……"

湛卢的话还在耳侧，拨爷爷的号码显示关机，我乱了心神，一边在马路上拦车，一边呜呜地哭起来。

车子像一条条灵活的鱼，游走在热闹的马路上，可是等了半天，就是没有一辆停下来。

"嘀嘀！"

我正急急忙忙地张望，身后传来喇叭声，听到声音，我慌张地抬起头，烛

麟摇下车窗，随口说道："上来。"

我点点头，拉开车门，往上一跳："橡树路明光医院，我爷爷住院了。"

"坐稳了。"烛麟额头上布满了细密的汗珠，看起来像赶来的，从刚才那家咖啡馆回家去取车，然后过来起码要二十分钟。

这里这么多人，他总不能原地消失，恐怕是跑回去的。

油门踩到底，烛麟聚精会神地开着车。我身体有些难受，没有多说一句话，盯着前面由远至近的路，恨不得插上翅膀飞到爷爷的身边。

汽车刚开到医院前坪，我解开安全带，伸手拉住车把手，着急地说："我先下车了。"

烛麟停稳车，我推开车门往里面冲去。

一间VIP病房里。

医生刚带着护士离开了，剩下湛卢和湛妈妈守在床边，爷爷在床上昏睡，头上绑着厚厚的绷带，身体上插满了管子，看起来很不乐观。

刺鼻的消毒水气味在房间内弥漫，湛卢望着门口，心情那样沉重。

我打电话问到爷爷的病房，看到电梯前等候的人太多，方向一转，急忙忙朝着楼梯跑去，推开房门的时候，湛卢迎上来："小叶！"

"湛妈妈，阿湛，我爷爷怎么样了？"我走到爷爷的病床前，看着那些冰冷的医疗设备和爷爷微弱的呼吸，眼睛一片湿润。

湛妈妈摇了摇头，低声对我说："小叶，实不相瞒，你爷爷的情况不是很好，刚医生来过，说他年纪大了加上脑袋受到了撞击，才会这么严重。"

"什么！"我的身体仿佛被雷击中，眼神直勾勾地盯着她，后退了几步。

撞击！

"小叶，苏家药房开了这么久都没事，那天突然来了一个年轻人和患者，一开口就是要一批药材，因为药材数量过多，爷爷还跟我妈妈商量说明了情况。后来患者要爷爷看病，爷爷给他开了药，没什么大事。"湛卢眼神忽然变得犀利，愤愤不平，"本来这件事就这么过去了，可是五天后，没想到那个患者死了！年轻人带着一批人跟爷爷闹事，说爷爷是庸医，卖假药。"

"患者死了……"我茫然地望向床上昏迷的亲人，表情失魂落魄。

"你想啊，爷爷行医卖药这么多年，怎么可能害死人，我觉得这群人就是来找茬的。"湛卢握紧拳头，咬牙切齿地说，好像要将那群人揍扁。

"小叶，无论发生什么事，你都要做好心理准备。"湛妈妈走到我面前，摸着我的头，小心翼翼地安慰我。

"湛妈妈，你的话是什么意思？"我看着她的样子，同样小心翼翼地询问。可是湛妈妈像完全没有听见我的话，或者听见了但不想回答，她抹了抹眼角，重重地叹了口气。

我走到床前，慢慢地跪下去，伸手握住爷爷的手，喃喃地说："我和爷爷相依为命十八年，十八年了，现在爷爷出了事，我要怎么做好心理准备！湛妈妈，你告诉我……"

我傻傻地望着爷爷苍白的脸，眼泪溢出了眼眶，缓缓滑落。

02

门忽然被人用力推开了，穿着一身中山装的老人站在门口，脸色阴沉得像是来索命的阎罗王。

"小叶，是我通知的你二爷爷。"湛妈妈看到来人，轻声说。

二爷爷依旧拄着那根龙头拐杖，国字脸黑沉沉的像暴风雨来临前的天空，

150

乌色的厚嘴唇此刻正在止不住地颤抖。

看到跪在床前的我，二爷爷眯起的眼睛更加阴鸷了，他大步一跨，怒气腾腾地朝我走来，举起的拐杖就要敲下来："你个孽障！讨债鬼！"

"老苏！"

"小叶！"

伴随着咒骂声和两声尖叫，眼前的拐杖就要挥下来，他的速度太快，我甚至忘记了躲，就在我以为肯定逃不过一阵钝痛，会头破血流时，耳边传来了拐杖敲打在身体上的闷重声，只听得一句闷哼，房间内同时响起了几声倒吸冷气的声音。

怎么回事？我的头并没有意料中的疼痛。

我屏住呼吸，睁开了眼睛，一时间说不出话来。眼前的少年，他紧紧皱着眉头，额头上的汗珠不停地往下流，苍白的脸色仿佛印证了刚才遭受的痛苦，他面对着我，屏障一样挡在我身前，像一座巍峨的山，为我承受住了苦痛。

没有人知道在那一瞬间，他是怎么冲到了我和二爷爷的中间。

"烛麟！"我听见自己的声音像凄厉的风，又苦又涩，"烛麟，你没事吧？"我从地上爬起来，注视着他的后背发愣，想伸手看看他怎么样，右手却被他牵起来了。

我吓了一跳，抬头一看，发现他正温柔地凝视着我的眼睛，对我露出一个放心的微笑："叶，放心，我没事……"

"二爷爷，你不能这样。"

我大怒，猛然瞪向眼前这位专横的老人，充满怨念的眼珠子瞪着他，整个人像一头被惹怒的小狮子。

"不知死活的东西！"二爷爷冷声喝道。

"我不知道为什么您一直这么讨厌我。"我蹙眉，看了一眼昏睡的爷爷，想起了这么多年他和爷爷对我的态度，抬起头，认真地对他说："爷爷，邻居阿妈，湛妈妈……所有这些长辈都不讨厌我，唯有您讨厌我，为什么？"

二爷爷挑眉，毫不客气地说："你还很得意？没错，你是讨人喜欢，但是你别痴心妄想了，我告诉你，我苏某人这一生都会厌恶你！"

我一怔，望着二爷爷通红的眸子，一下子不知道该接什么话。

心痛？难受？

是的。我虽然被爷爷宠爱了十八年，但是我很想被二爷爷承认，二爷爷是爷爷的兄弟，不可割舍的亲人，无论怎么样，我都希望像平常人家那样，被二爷爷疼爱着。我尝试了很多事来讨二爷爷的欢心，不过，却一次次被他厌恶如臭虫，渐渐的，我也就习惯了，放弃了，把那种不切实际的奢望藏在了心里。

"为什么呢？"我看了二爷爷一眼，突然笑了，为什么你会这样厌恶我呢？只要你给出的理由足够令人信服，我也就原谅了吧。

二爷爷气急败坏，拐杖一下一下敲在地上，打在我的心头，"为什么？因为你不是苏家的种！你是苏钦羡捡来的孽障！"

你不是苏家的种！

你是苏钦羡捡来的孽障！

我愣愣地站在原地，耳中轰鸣，对眼前的一切反应不过来，二爷爷……不，不是二爷爷，是苏云羡，他凶狠地挥舞着拐杖，那双恶毒的嘴巴，在我面前一张一合。

什么都听不到了，我像窒息在一个密闭的空间内，好难受……

时间过去了很久，我失聪般的耳朵才能听清楚声音，烛麟拉住我躲开眼前的拐杖，不停地叫我"小心"，二爷爷在湛卢和湛妈妈的阻拦下无法上前，像

一只被制住了还在挥着大钳的螃蟹。

"呵呵。"苏云羡的嘴角弯起一个嘲讽的弧度,"想当我孙女?你还真是天真啊……"

他说这些话的时候,我简直不敢相信自己的耳朵,我一下子不知如何是好,一再重复:"我要看我爷爷……"

养了我十八年的爷爷,怎么可能不是我亲人?

事实是这样吗?不会的,不会的,肯定是苏云羡离间我和爷爷的借口,他就是看不惯爷爷疼爱我,故意使坏在胡说八道,一定是这样。

我甩了甩头,强行压住胡思乱想的情绪,这些事我不能去想,害怕去想。

一直心心念念的真相,快要揭开它的面纱时,我却害怕了。

苏云羡被湛卢和湛妈妈劝离病房,坐出租车走了。

"没事吗?"烛麟盯着我。

"嗯。"我点点头,压制着心底一阵阵涌上来的心酸和难受。

房间内,三人的视线聚集在我身上,时间仿佛静止了。

再沉默下去,我怕自己会忍不住哭出来,想起来今天是来看爷爷的,我及时转移了话题:"等下爷爷醒来了会饿,我去给爷爷买粥……"

话未说完,我人已经飞快地跑出了门。

"我告诉你,我们就是不共戴天的仇人,你以为苏钦羡真那么好心?抚养你?要不是看你有利用价值,你早死了!"

明明苏云羡离开了,但他的话怎么总是盘旋在我脑海呢?街上四下无人,越发显得我孤独可怜,我的眼泪"啪嗒啪嗒"地滚落。

爷爷,你养大我只是为了利用吗?

落樱女
四季歌
The girl and the
four seasons of
cherry trees

我不相信，我不相信你这么残忍！

可是，苏云羡的话那么有说服力，我……我到底该相信谁呢？

我的指尖冰凉，全身像被浸泡在冰窖里，除了寒冷的疼痛，我的大脑一片空白，失了魂一样地晃悠到了一个路口。

我头疼不已，迈着虚浮的步子，漫无目地在街上走，突然，身后传来一个讶异的声音："小姑娘遇到啥事了？这么伤心，快擦擦眼泪鼻涕。"

我抬起模糊的泪眼，看到眼前伸着的一包纸巾和一脸震惊的路人，摇了摇头。我的眼泪擦不干净的，烛麟，你说你治好了我的眼睛，可是，我流泪的次数，怎么越来越多了呢？

我无法接受现在的状况，我不知道该怎么办。

谁来告诉我，以后该怎么办？

"苏小姐……"

我像是失去了灵魂的木偶走在空荡的街上，没有注意到一辆黑色的汽车，从我走出医院就在远远地跟着我。

面对这声梦呓一样的呼唤，我眼神黯淡，平静地转过头去。

我好像又在做那个梦，粉色的樱花树下，站着陌生的女人，她背对着我，如此哀伤，汽车停在我的旁边，车窗缓缓地摇了下来。

唐夫人美艳的脸和梦中的女人重叠，她的红裙像火，灼得我眼睛有一点疼，她皱起了修饰得精细的眉毛，问我："苏小姐这是怎么了？"

梦中的场景又浮现在眼前，是不是现在我经历的一切，也是一场梦？

眼前的脸庞逐渐清晰，红脂白粉，眉眼娇媚，分毫没有上次去唐宅见到她时疲倦憔悴的病态模样，原来，这一切并不是一场梦。

我看着她眼神温慈的样子，眼眶一热，大颗的眼泪又滚了下来。

03

"苏小姐遇到什么事了？也许我能帮上忙？"完全不同于那日的蛮横和暴躁，唐夫人声音如水，给人极大的亲和力。

我忍住情绪摇摇头："不用了……"

唐夫人下意识地点了点头，抬起头看了我一眼，眼角溢出歉意，面带微笑，耐心地解释："我身体不好，生病的时候会说错话做错事，事过后自己完全没印象，听助手说，我那天对你们不是很友善，我向你道个歉。"

"没关系的……"我闭上眼睛，自己狼狈的模样被别人看到，我只想快点躲开这尴尬的境地。

"苏小姐想必还有事，我不打扰了。"唐夫人像是听到了我的心声，适时地做出告别，她做了个"拜拜"的手势。

我站在安静的空气中，看着开走的车，很快消失在前面的道路上。

车子在落满了花瓣的道路上行驶，年轻的司机透过后视镜，看向坐在后座上沉默的女主人。

"夫人，苏钦羡冥顽不灵，咬死不说出苏小姐的身世，您看我下次是不是继续警告他？"金助手一如既往地保持了恭敬的姿态，一边开车，一边开口。

听到他的话，唐夫人转过身，眉头微挑地望向他："咬死不说？"

"是的……夫人。"金助手诚心诚意地回答，"我们只查到苏小姐是被苏钦羡收养的孩子，并且苏钦羡一直瞒着这件事。"

唐夫人开着车窗，红裙被风吹得像飞舞的血蝶，乌黑色的长发绾成了一个云髻，那双发病时瞳孔呆滞的眼睛，此时微微眯起，露出狐狸一样的精明，她翘起的唇角蕴含着冬天般的寒冷，"心中有鬼才会瞒着。"

"上次您问起的苏瑞和何穗，我调查清楚了，他们原来是唐家早先一批的下人，说起苏瑞，这个人不学无术，在唐家做事也不受欢迎，他是一个输钱输红了眼的赌徒，何穗是他的老乡，跟他同一年来到唐家做事，后来两个人在一起结了婚。"金助手将往事娓娓道来。

"苏瑞和苏家什么关系？"唐夫人问。

"苏瑞是苏钦羡的亲生儿子。"他看了看车内的唐夫人，仔细想了一想，有点迟疑地继续说："就在苏瑞和何穗辞工的那一年，发生了一些有趣的事，只是……"

"怎么不说了？"唐夫人阴戾的目光射向他。

金助手低垂的目光仿佛想起了一些旧事，他印象中对付过一些唐家的下人。那个下着暴雨的下午，他开车撞死了两个人，唐夫人为了保护他，还托关系瞒住了这件事，买通了不少媒体，报道是车祸事故，难道那两个人就是……金助手不敢想下去了。

"只是有关唐先生和温木先生……"他说。

唐夫人听到这个久远的名字，涂着红色指甲的手停顿了一下，看到惴惴不安的助手，她终于想起来，现在这两个人在唐家已经成了禁忌，她摆了摆手，语气似乎有一丝疲倦："你说吧，我不怪你。"

话语刚落，金助手才终于有了勇气，有点尴尬地看了她一眼，然后面不改色地开口："温木先生死后，您就像变了一个人，十八年前，您和唐先生闹得那么厉害，许多怕事的仆人都辞工了，还有些人说……说樱小姐不是唐先生的孩子，长得和温木先生很像，后来唐先生死于心脏病，有不服的下人诬赖是您做的，那一年唐家封了不少人的口，樱小姐也是那时候失踪的……"

温木，唐家的园林设计老师，阿芙奶奶的儿子……

唐夫人闭上了眼睛。

这个名字像前世的记忆了……

尘封的旧事仿如昨日的画面，十几年以来，她以为自己早就遗忘了过去。温木？唐遥之？这两个她生命中的男人，一个为她而死，另一个因她而死。而自己呢？从最开始对温木动心，随后被唐遥之爱上，她贪恋权力和金钱嫁给了唐遥之，却又对年少的爱恋依依不舍，最终踏上了不能回头的道路……

唐遥之顾忌她和唐家的脸面，暗地里让温木消失在了这个世界上，失去心爱之人的痛苦让她发了疯，她知道唐遥之心脏不好，偷偷换掉了他每日必吃的药，造成了唐遥之的死亡。

这些不能示人的过去，永远不能提起，只适合埋在无边无尽的阴影里。

"夫人。"金助手紧张地打量了她一番，"你没事吧？对不起，我实在不该提起这件事……"

"金助手。"唐夫人不安的表情透出一丝恍惚，她看着后视镜中的自己，眼角不知不觉地流下了一滴泪，"唐遥之的死，当时是不是很多人怪我？"

金助手一怔，下意识地看向这位不肯示弱的女主人，她一只眼睛，眼泪正顺着脸颊流淌，像对过去的懊悔，又像对那一位故人的道歉。

"夫人，唐先生对下人们都很好，下人们也对他忠心耿耿。唐家的生意做这么大，与他的为人是分不开的。除此之外，唐先生对您的真心，下人们也都看在眼里，您为了温木先生，实在是不应当啊……"助手沙哑着嗓音说。

唐夫人张了张口，却哽咽住了。原来大家是知道的？

她为了温木，忽视了唐遥之，她成为唐夫人后，做出了对不起唐遥之的事。唐樱的确不是唐遥之的孩子，唐樱出生不久后，温木就死了，没有人知道，他和唐先生有过一场秘密的交易，喝下了一杯致命的毒酒。

　　"当年唐先生临死前还吩咐，他走后谁敢对您不敬，就要我们瞒着您处理掉。当时很多下人愤愤不平地闹事，苏瑞和何穗，很有可能就在其中……"助手说到这也哽咽了。

　　唐夫人完全愣住了。

　　她没想到唐遥之死前还在维护她，让她成了如今的唐夫人。

　　温木，她的爱人，樱字从木，她诉说着她的想念，她燃烧着仇恨的眼睛，却始终看不到背后护了她一生的丈夫……

　　车子载着唐夫人远去，走过过去那些岁月过往，通往她看不清是非对错的道路，风吹进来，前尘往事化为了她脸上干涸的泪珠。

　　而唐夫人也永远不会知道，十八年前，唐家大宅下的东厢房，两个年轻的人，做了一场只有他们两人知道的交易。

　　唐遥之说："温木，为了她的名声和唐家，你喝下这杯酒，我会抚养你和她的孩子长大。"

　　温木回答："好，别忘记你的话，我会在九泉之下看着你。"

　　有的真相很残忍，有的真相很温柔，掩埋在唐家大宅里的那些秘密，它们是一坛不能见光的陈年老酒。

　　一开坛，熏得人醉，熏得人流泪。

　　04

　　"我看你不要命了。"

　　青色砖瓦的屋顶上，少年拿着灵石坐在那儿，仿佛一尊石化的雕像。白色神兽叼着一颗不知道从哪里摘的红果子，蹲到一旁，歪着脑袋看着自家主子，眼神里充满了戏谑。

"诞，我想起来了，我见过她。"

"嚯嚯，当然想得起来了，蓝灵石都变紫了，估计不中用了。"

"十八年前，唐夫人找我询问过唐樱的下落。"

"那又怎么了？你是说唐樱就是那个蠢女人？身世这么离奇，神经兮兮的父亲和母亲，目的不明的爷爷，哈，不如不知道呢。"

"……"

"喂，你打算怎么办？告诉她吗？"

"我不知道。"

那你浪费灵石干什么！诞一口吞下红果子，鄙视地看着他。

"但我会帮她，只要是她想知道的，都会。"少年的声音听起来像一个承诺，有着坚定的力量。

"小烛麟啊，你不会爱上她了吧？"

"……"

"嘿嘿，我看到你亲人家女孩子了，还是两次耶，又是萤火虫又是散步的，明明不用亲眼睛也可以治病嘛，你偏偏……喂！你踢老子干什么！啊——"伴随着夸张的大喊大叫，少年对着聒噪的诞飞起一脚。

顿时，白色的小神兽像一只脆皮西瓜一样，咕噜噜地顺着屋顶滚了下去，"咚"的一声长响，砸进了一口水缸里。

为了照顾爷爷，我请了一个星期的假，我正在厨房里给爷爷煲汤，忽然听见外面有响声，好像有什么砸下来了。

推开窗户，看到对面院子，一口荒废的水缸中，湿漉漉的诞从里面爬出来，水缸积满了雨水和落叶，似乎又脏又臭。

"臭死啦！臭死啦！死烛麟我跟你没完！"诞头上顶着一片腐烂的梧桐

叶，嫌弃地闻着自己，嗖地跳到阳台，想跑回去洗澡。

"嘘！小声点，小心被人听到，会说话的狗！"我冲它比了个嘘的手势，没想到它屁股一扭，改变方向，噔噔噔几下，瞬间就跳跃到了我眼前。

"嗯……"它认真地看着我叹息，好像在酝酿着什么。

"嗯？怎么了啊？"

我不明所以地看着它，它突然转身，把屁股对着我，只听"噗"的一声，然后它像滚筒洗衣机里的拖把一样，疯狂地甩动身体，腐烂的落叶，发臭的水，在空中飞溅开来。

我的天！

"臭蛋你为什么朝我放屁？啊！别甩！别甩啦，好脏！好臭。"我在生气下大叫，随手抓过砧板上的一把大葱扔过去，躲避瘟疫一样将窗户关上。

好险好险！我检查了一下炉火上的煲汤，没遭殃。

同时，外面传来了得意的叫声："嗷嗷嗷，汪汪汪。"

越来越过分了，真是令人生气！

我无语地看着手上、衣服上的脏水，捏紧拳头，认命地往洗浴室跑去。

煲好汤，重新洗了一个澡，换上干净的衣服，我把洗好的衣服晾去阳台。对面阳台上诞闭着眼睛享受着阳光，正在晒它雪白的毛。

"喂！我会报仇的！"我把威胁的目光看向它，发现它懒洋洋的眼皮撑开，也用"你以为我怕你"的眼神望着我。

啊，好想揍它……

貌似几天没看到烛麟了，我伸长了脖子朝对面看，虽然担心的心情掩饰得很好，还是被诞敏锐地觉察到了，它打了一个喷嚏，鼻孔朝天地对我吼。

"好了！别看了！他在睡觉休养。"

"小声点！小心你被抓走，现在胆子大了，无法无天了！"我心里一慌，也忍不住叫道，现在这个时间，还好附近邻居都不在家。

"哼！"前面的宠物发出一声冷哼。

"哼！哼！"虽然不知道它的怒火究竟是从哪里来的，但是我也不甘示弱，晒好衣服，用更大的声音吼了回去。

"哼！"诞凶狠地瞪着我，好像铁了心要与我势不两立。

幼稚鬼！我不想跟它闹了，爷爷在医院病着，我快速地白了它一眼，回厨房装好汤，锁好门，马不停蹄地往医院赶去。

诞郁闷的目光一直追随着我，直到我上了出租车，它回头看向烛麟睡着的卧房，气哼哼地酸道："傻子配蠢蛋，天生一对。"

我冷不丁地打了个喷嚏。

不过，诞为什么突然与我作对？我坐在出租车上，怎么也想不明白。

医生说爷爷可能今天会醒过来。

到了医院后，我双手撑着下巴，眼巴巴地看着病床上的老人。他的脸上、手上布满了皱纹，胡子和头发白了一大半，暗黄的面容毫无生气，整个人看起来像一棵年老的古树。

我握住爷爷的手，他的手很枯瘦，手心因长年劳动长满了老茧，摸上去十分粗糙，就是这双苍老的手，给了我十八年的恩情，一幕幕朝夕相处的场景，爬上了心头。

"爷爷，我又把药罐煮糊了！"扎着羊角辫的小女孩，摇着蒲扇，慌慌张张地从厨房跑出来，一脸漆黑地喊道。

"你这冒失丫头，被熏成大花脸了。"老人食指微曲敲了她额头一下，起

身就去拿毛巾。

……

"爷爷，你在想什么？湛卢跟我玩捉迷藏，你帮我找他藏身的地方，好不好？"小女孩长高了，嘟囔着嘴巴表示着不满。

"好了，你这机灵鬼伶牙俐齿的，阿湛可在你这里讨不了好。"老人笑着摇摇头，宠溺地笑。

……

"我看是叶丫头自己想快点去找阿湛玩，还嫌我老头子碍事呢。"

听到这句话，少女脸颊变得绯红，瞪了老人家一眼，抱着一份礼物，十分羞赧。

"你这丫头，害羞呢。"老人说着抬手佯作要打人，无奈少女一溜烟地跳开了，边笑边朝着爷爷做着鬼脸，"抓不着！抓不着！哈哈！"

……

集市上洋溢着浓浓的节日喜气，少女融入这股热闹中，她看着那漫天盛开着的五颜六色的烟火，看着那追逐嬉戏着的顽童，看着老老少少的一家人，内心忽然觉得凄苦。

"爷爷，我父母呢？"她问。

弓着背，正在替她买花灯的老人，锐利深邃的目光中，第一次出现了痛苦，记忆的洪水滚滚而来，将他淹没。

他露出了苦涩难看的笑意，宽慰着她："你母亲生下你后，出了一场车祸，他们都走了。"

……

过去的时光，如褪色的电影在我眼前闪过，我松开爷爷的手，双手掩面，

呜呜出声："爷爷，我以后该怎么办……"

病床上的人，那双紧闭的眼睛，滑下一行冰凉的泪。

如血的残阳从窗外落下去，寂静的房间里，心电图上虚弱的线条突然跳动了几下开始呈现波浪状，最后在正常值区间稳定下来。

时间不知道过去多久，沉睡的人干枯的手指动了动，陡然睁开了浑浊的眼睛，沉闷沙哑的嗓子，发出苍老的嗫嚅声："小叶……"

我猛地抬起头，全身如遭雷击，不可置信地看向病床。

"小叶，爷爷在，别怕……"爷爷抬起手，轻轻地拍了拍我的手背。

"爷爷！"

安静的房间内，心痛伴随委屈塞满我酸涩不已的胸膛，风扬起白色的床单和窗帘，我顾不得嗡嗡作响的大脑，哭喊一声，哇哇大哭起来。

05

爷爷等我哭完了，才挤出一丝勉强的笑，看向桌子上放着的食盒，问："小叶给爷爷做了好吃的？"

"嗯！"我破涕为笑，连忙走到桌子旁，把上面的复习题和课本推到一边，知道爷爷是在转移我的注意力，我装作不知道，转头问，"爷爷你睡了一天一夜了，饿了吧？我煲了鸡汤哦。"

"阿湛和他妈妈来过？"爷爷蠕动了一下嘴唇，发出的声音异常喑哑。

"嗯，来过了。"我端着一碗鸡汤走过来，扶起爷爷，拿过枕头垫在了他背后。

爷爷半躺盯着我，欲言又止："爷爷不想让你担心。"

"我明白的。"我舀起鸡汤，吹了吹，送到爷爷嘴边，浓浓的香味随着热

气飘散在空气中。

"阿湛告诉我，说有人来药房闹事，你与他们发生了冲突，摔倒在地上磕破了头，如果不是邻居陈阿姨及时发现，湛妈妈开车把你送来医院，现在还不知道会发生什么事。"我拿着汤匙给爷爷喂汤。

爷爷激动地说："那是群流氓！"

"是啦是啦……流氓差点害了我爷爷。"我放下汤匙，埋怨道，"如果不是阿湛通知我，恐怕你还要瞒着我，我有多担心呀，万一……"

我没有继续说下去了，重新把汤匙递到爷爷面前，艰涩地说："二爷爷来过了。"

爷爷喝汤的动作一僵，紧张地问："他……说了什么？"

我沉默了半晌，将汤碗放下，低下了头："爷爷你还打算瞒我吗？我是你收养的孩子，我都知道了……"

"原来，二爷爷就是因为这个讨厌我……"我默然，声音开始变得颤抖，恐惧一点点在心脏中蔓延，我倔强地咬了咬牙。

"小叶啊……你永远是爷爷的宝贝孙女。"爷爷的目光突然变得悠远起来，带着回忆时独有的温情，"这一点不会变的。"

"可是……"我心有不甘地嘟起嘴巴，似乎还要再争辩些什么，脑海中却突然浮现一些不敢想的事实。

如果我真的是你仇人的孩子……

"小叶，爷爷把你辛辛苦苦地养大，你还在怀疑什么呢？"

就在这时，湛卢提着一袋水果走进来，抬手在我肩膀拍了拍，明亮的眼睛眨了眨，表示不要再继续谈论这个问题了。

毕竟爷爷生着病，而且如今所发生的事情，的确没有办法去改变，因为它

是上一辈人的恩怨。我忽然理解了湛卢话里的意思。

是啊，我还在怀疑什么呢？爷爷若是不爱我，会有现在的苏荷叶吗？别人那些恩恩怨怨和我有什么关系？

不管真相如何，我只想还爷爷一个公道。无论我是谁，我永远是爷爷的家人，唯一的家人。

夜色宁静，我提着空空的食盒回绿绮小区，一路前行，走过一条雕花长廊，只见前方院子，一个黑色的身影侧身立于樱花树下。

这个季节怎么会有樱花？我转头看向周围，咦？这是哪儿？小区公园里没有这样的景色啊。

少年站在樱花树下，高贵清雅，而那种冷漠忧郁的气息似乎不见了，黑色的头发如上好的黑玉，一身墨黑绸缎长衫，腰间束一条黑绫长穗绦，上系一块羊脂白玉，外罩软烟罗轻纱。眉长锋锐，那深邃的眸子此刻正闭目在沉思，秀挺的鼻梁，白皙的皮肤，仿佛画中仙人一般。

他这身打扮……像是古装剧中的翩翩公子模样，完全不符合现代的穿着，我难道穿越了？不可能啊，手上从医院带回来的食盒还在呢。

他站在那里，说不出的飘逸清俊，暗示着他所不能言明的一切情绪，纷扬着的樱花花瓣落于他的发上，肩头，他也不拂去，仿佛他也化为了那满树繁花中的细微一朵。

世界失去了声音，一切似乎都变得不再重要。

他以一种天荒地老的姿势，化身在了这如画的美景中，天地之间只有他一人而已，更奇异的是，在他身后盘旋着一条金色的龙，淡淡的光芒环绕着他，给他增加了几分不可亵渎的神圣……

　　我痴痴地看着，不想破坏掉这如梦如幻的宁静景象，我有一种吵闹到他丝毫便是罪过的感觉。

　　我轻步地走过去，看到他脚下的石桌上，放着两个空酒杯，旁边还有一壶酒，像是在等什么人。

　　"叶，你来了。"一句温和如玉的声音响起，眼前的黑色身影转过身来，在他睁眼的一刹那，金色的龙也消失了。

　　传说烛龙族翳与妖之子，被神族妖族排斥，流落人间……

　　我想起网上曾经说过的话，难道这就是真正的他？

　　"嗯，我来了。"

　　我说不清为什么，面对这样的他，我内心有一种很奇怪的感觉，仿佛在了解他的全部，又仿佛越来越看不懂他。

　　仿佛离他越近，他会走得越远。

　　"苏爷爷病情怎么样？"烛麟撩衣而坐，自顾自地给自己和我面前的酒杯斟满酒，看到我盯着他的动作，他笑笑，"很久以前，我与一个人类也这样饮过酒。"

　　"爷爷醒来了，医生说需要留院观察。"我在他对面坐下来，将手上的盒子放到脚边，问他，"那个人是你朋友吗？"

　　烛麟看着我，将酒一饮而尽，并没有直接回答："他叫沈浩，是我遇到的唯一的人类朋友，我很信任他，说出了自己的秘密，后来他却因为嫉妒破坏了我的灵石，揭露我的身份，逼我离开了那个地方。"

　　看着我愣了一下，烛麟又斟上一杯酒，指着自己的胸口，边饮边道："这里有一个丑陋的伤口。灵石是我的重要之物，灵石本是红色，不能遇火，那天我喝多了酒，醉熏熏时被胸口燃烧的烈火疼醒，沈浩偷了我的灵石扔进了火炉

里，把我的胸口烧出了一个洞，留下了疤。如果不是诞抢救及时，想必我已焚身而死……"

"灵石……"

我拿起脖子间的小灵石，不理解地问他，"既然是这么重要的东西，怎么会送给我……"

"后来我不再相信人类，不信这世间所谓正义所谓真情，认定人类都有丑陋的一面。"

他笑容苦涩，看得我心脏一阵绞痛。他眼神迷离，对我轻笑，"遇到你是我没想到的事，你就这样闯进了我的世界，一开始我只不过想试探你，找到你身上我想要的丑恶样子，最后我却在步步为营的棋局中，沦陷了自己……看到你悲伤难过，我的心会痛，看到你笑，我的心会笑。上次听到你说暗恋我，我好开心，我想我没救了……"

樱花如雪，却比雪还要美，樱花似云，却比云还要纯洁，漫天的樱花随风起舞，清脆的铃声响起，我已深深地陷入了其境，无法自拔，任凭风吹过我的面颊，他的话语，他的轻笑……

我听见温柔的几个字，犹如蹁跹的蝴蝶从他的心上，从他的唇间飞了出来，停在了我的心上。

他说，樱，我喜欢你。

微风吹着，数不清的花瓣落了下来，也如白色粉色的蝴蝶一边在翩翩起舞，一边在唱着美妙又悦耳的歌儿。

"可我害怕啊，我的喜欢会是你的灾难……"

轻轻的叹息伴随着酒香飘散在空中。

大地铺上了粉白相间的柔软地毯，地毯上方的樱花树上，挂着一只精巧的

黑色落樱铃，铃声清脆，随风摇动，仔细去看上面雕刻的樱花纹路，隐约可见一个"樱"字。

第八章：

幻樱离·守护

01

"烛龙与妖之子！不可饶恕！"

"把他扔到无边炼狱，燃尽罪恶，杀了他！杀了他……"

"为什么容不下我……"

他坠落进永不超生的地狱，被烈火吞噬，有一个人跳了进来，拼死将他救了出去，那个胡子花白的老人，看着他，叹息。

"你父母死得凄惨，这里不适合你生存，你便随我去钟山赎罪罢。"

"百年之期已满，钟山不能留你，人间孤独，我便让这西南荒中的讹兽，陪你解解闷。"

"喂！本大神是三界无敌大神兽'诞'！你这小怪物是谁？"

"我是烛麟。"

……

梦中，是那挥之不去的痛苦记忆，昏睡中的人忍不住惊呼出来，忽地一下坐了起来，虚空的声音回响在空气中。

"看来死不了，还做了噩梦。"诞戏谑的声音传来，爪子对他点啊点，面上却是掩饰不住的喜悦。

烛麟抿了下干裂的嘴唇，眸子里的血红已经完全消退，看了看四周，是自己的房间："发生了……什么事？"

诞看到他样子，知道他已无大碍，自己这几天的辛苦也没有白费，一个跳

跃，便跳上烛麟的床，闭上眼睛休息了起来。

烛麟这才注意到，房间里还放着几个保温食盒，想必是诞终日守着自己，怕自己醒来肚子饿，刚准备开口问"你还会做饭"。

"别感激我，那是唐樱送来的，我是不想见食物被浪费，放心，都吃光了。"诞接着说道，"从离开钟山那天起，我就要你凡事多想想，沈浩那个坏蛋给你的教训还不够？怎么？嫌你胸口的疤不够大？灵石如今只能保你的命，和你成了一体，现在我们适应了人类的生活，也不需要浪费灵力做生意赚那么多钱，你就老实点。"

诞哼哼唧唧地，烦躁地抓了抓被单："重要的事我可提醒你三遍了啊！灵石现在是蓝色，变成紫色了，谁都救不了你。你倒好，显出真身给那个女人看，还借着酒意，使用烛麟镜帮她查什么药房的流氓！好了，消耗身体晕倒了吧，还是她送你回来的，那、那、那！那些都是安神汤，等你会儿喝了，一世安神……"

烛麟垂下眼眸，看不清楚他眼底的神色，半天，才传来他轻不可闻的一句话："她……知道了？"

知道了苏荷叶就是唐樱？

还知道了什么？

"哈！慌张了啊？"闭眼的诞，有片刻的诧异，这家伙剩半条命了，还在担心那女人。它缓缓叹了口气，有点无奈，"你不知道你酒量差啊？一喝酒就喜欢唠叨，你睡觉磨牙打呼噜、流口水说梦话……"

"我没有。"烛麟坚决不承认这些坏毛病，这明明是诞它自己的。

"反正就是这些重要的秘密都会说出来！哼哼，想耍帅喝酒？还用灵石让枯萎的樱花树开花，我看你脑袋被门夹了！行了行了，说得我都生气，你好好想想，管好你自己，蠢货。"诞嗷呜几声，不说话了。

　　烛麟这才露出了释然的表情，眼角有闪烁的光，一阵沉默后，不再多问。

　　他只记得自己施法消耗了身体，并没意识到这会影响到他的生命。他梦见了很多事，梦见了父母，梦见了在钟山的老师，梦见千年前的樱花树，开满了钟山……

　　山间樱花丛中，有一个十二三岁的女孩子很绝望地在哭，说着"桃花好漂亮"之类的话，梦中的他只能看着那个女孩子，梦语一句"笨蛋，是樱……"

　　暮色渐沉，有淅淅沥沥的声音响起，烛麟眉头一动，拿起外衣披上，缓缓起身走到窗前，推开窗。

　　隔窗，他望着窗外的雨，感受着那亲切入肤的凉意，痴痴地看着窗前檐瓦上飞扬泼溅的雨滴，与雨帘相对，胸中氤氲着水一样的思绪，记忆偏飞在眉间，捡不尽，化不了。

　　念起那个融化在他骨血里的少女身影，清丽素雅。烛麟伸出手，盈握雨水，雨水潮湿了掌心。烛麟看着手中的雨水，思绪飘得很远，很远……

　　嗷什么嗷，你是狗，会不会叫，要汪汪汪！汪汪！汪！

　　她隔空指着诞戳啊戳，纠正它的口音，告诉它作为一只宠物最基本的素养。他看着她，轻轻地笑起来。

　　那是他第一次对她笑，也是自从被沈浩背叛后，他第一次真正的从内心觉得愉悦。少女有点不好意思，两颊飞起红云，咬了咬嘴唇，握着他送的灵石，逃似地冲回了家。

　　也就是那个夜晚，他做了一件小小的坏事，心里藏着一个诞和苏荷叶都不知道的秘密。那天深夜苏荷叶自己都不知道，她梦游了，她只穿着单薄的睡衣，闭着眼睛爬起来，走出房间，走过客厅，走到阳台上。

　　玉兰花幽幽地吐露清香，寂寞的月亮泛起了光晕，凉凉的寒气在月夜里弥

漫。少年站在阳台上，背影孤寂而苍凉，他半夜常常失眠，他喜欢深夜的时候，一个人在阳台上待着。

他感谢自己的坏习惯，让他见到了梦游的可爱少女。少女闭着眼睛，水蜜桃一样的嘴唇微微嘟起，酣睡的面容上，眉如细柳轻轻皱起，她走到阳台，摸了摸桌子，好像终于找到了适合睡觉的地方。

然后，她倒了下去，他愣愣地看着她，心底一慌，飞快地冲了过去，速度快得像暗夜里的吸血鬼。

他一把抱起快倒在地上的身影，解下自己的外套盖在她身上。少女在他怀里，细碎地说着梦话，她的头靠在他的怀中，眉头微蹙。他本想送她回房间，却缓缓驻了脚步，低下头仔细端详她的脸，星眸紧闭，眼睫如扇，一张连月光都要黯然失色的美丽面容，因为熟睡，显得极其诱人。

他双眸肆无忌惮地直视着她美丽的面庞，看了许久，捕捉到那双粉嫩如果冻的唇，忽然头一低，就那样鬼使神差地吻了上去，一片温柔香甜的触感从唇间传来。

然而容不得他仔细体会，玉兰的幽香袭入他的鼻尖，拉回了他的神思，他只感觉到脸上火烧一片，他做贼一样抬起头，紧张地看向四周，还好，没有被人发现。

"唔……"正在这时，少女不知道什么时候睁开了眼，水汪汪的眼睛，无辜地看着他，他呆了，一时间感觉大难临头。

"是你呀……"少女嘟嘟囔囔地说，咂了咂嘴仿佛还在做梦，眼睛一闭，继续睡了过去。

他面红耳烧，后背全是冷汗，抱着她一动不敢动，时间差不多过去了五分钟，他才反应过来，少女在他的怀里做梦，刚是在说梦话。

02

烛麟啊烛麟，想不到你会被一个手无寸铁的女孩子吓成这样啊……

他在心底嘲笑自己，看着她单薄的熟睡身影，没来由地一阵气结。然后，他逃一般地将她送回房间，帮她盖好被子，从窗口跳着离开了。

第二天他刻意观察苏荷叶，发现她没有半分异常，心底才确定了她不知道那晚偷吻的事。那件小坏事，成了他无人知晓的秘密……

少年有几分赢弱地站在窗前，墨色的眼神里流动着闪闪的微光。

多少个日夜，他听着那首留声机的老歌，期待着她的身影，以一种恒久的温存，静静地在她梦中盛开。

她明快活泼的身影，让他在她的窗前种下过无数的奢望，灯火阑珊，光影摇曳，在他触摸不到的浮光里，却只有冷风吹动月色的惆怅。

自私的人类，他们的爱有多长久呢……

他们无法殊途同归，所以，面对她说出口的暗恋，他也装作不在乎，所以他早喜欢上她，却不敢承认。

没人看到，空无一人时，有东西顺着他无奈的面颊流进嘴里，是一种孤独苦涩的味道。

夜色流淌，细雨无声。

烛麟想起那个清浅的吻，早已冰封在了深不见底的黑暗里。

第二天一早。

"咚咚咚！咚咚……"有敲门声响起。

"嗷呜！蛋糕！鸡汤！"

床上在睡觉的神兽，听到声音，叫嚷着，"嗖"的一声跑了出去。

"诞，烛麟醒了吗？"

门开了，我一手提着保温盒，一手提着蛋糕，走进客厅。

"嗷呜！"诞叫了一声，扑过来想抢蛋糕，我手一躲，它吧唧一声摔在了地上，不过，它很快就翻了个身，从地上爬起来，重新跟在我身后。

我还没去房间，烛麟刚好走出来，我摸摸脑袋，不好意思地偷看了他一眼，脸上泛起了羞涩的红晕。

他诧异地看着我的反应，似乎想到了什么，疑惑地问："我是不是对你说了什么……"

"没说什么。"我对他露出一个大大的微笑，看了一眼桌上的食盒，"每天我要给爷爷送饭，你这几天又不舒服，我就多做了几份，给你送过来了。"

"嗯嗯！好吃好吃！"诞插话道。

"又不是给你吃的。"我查看了一下桌上的食物，气哼哼地咕哝，"真是个小禽兽……汤都没留半口！"

"今天这份你不能吃了，蛋糕是给你的，鸡汤，不可以。"我转过身来，指着诞，不客气地警告它，"知道没？"

它点点头，安安分分地蹲在地上，看起来蛮听话的样子。

"你这么久还没去上课？"过了片刻，烛麟问我。

"我啊……"我给他盛好鸡汤，摆上筷子和汤匙，擦了擦手，"我昨天就去上课了，等会儿我去学校，放学再去医院，你呢？什么时候去。"

"和你一起。"他在桌子前坐下，喝起汤来。

他喝汤竟然能不发出一点声音，我脸上露出惊讶的表情。另一位就完全不同了，我看着被撕成碎片一样的蛋糕盒子和它快埋没在蛋糕里的脖子，心里长长地叹了一口气。

二十分钟后，烛麟和我一起出门。

我背着书包，跟在他身后，踩着他的影子，无精打采地往前走，这段时

间，他一直不去上课，不知道有没有关系呢。

"樱，我喜欢你。"

樱，是我吗？

太阳冉冉升起，身边的身影来来往往，烛麟走在前面，高大的身影挡住了能晃花眼的太阳光线，两旁都是高大的树木，有鸟叫声从树叶间传出来。

我感觉到发晕，立刻把眼睛闭上，在心里叹息，发生了太多事……

药房的事，通过烛麟那日给我看的烛麟镜，我看到了一伙人在药房砸东西，他们中间有一个很眼熟的年轻人，那个年轻人我见过一次，在唐家大宅外，阿芙奶奶身后的助手。

果然与唐夫人有关……

我想事情想得出神，没留意到烛麟停了下来，眯着眼睛，低着头，冷不丁撞上一个坚挺的脊背，我捂住鼻子，"唉哟"一声。

"你……在看什么？"我摸摸鼻子，拍了下烛麟的后背。

"苏小姐，我们夫人想和您谈谈话。"一个冷冷的声音把我的注意力吸引了过去。

一身红裙的女人站在校门口，她斜戴了一顶红色帽子，披着貂皮大衣，玛瑙项链，珍珠耳环，再配上她脸上浓浓的妆，显得雍容华贵，宛如油画中的贵妇人。

唐夫人不发病的时候，的确挺美。

她身后戴着眼镜的男人，看到我和烛麟，礼貌地笑着。

他是……那群人的指使者！

我一怔，整个人都呆住了，动作比语言更快，我握紧拳头朝他走去，如一头喷火的小龙，走到他们面前吼道："就是你！你还敢来找我？为什么带人找我爷爷的麻烦？我不会放过你的！"

他微笑地看着我，不回应。

"你不敢搭话吗？"我再次开口，盯着他的眼神冷冷的。

"阿樱。"一个局促不安的声音喊着。

"你在……"我话说到一半噎住了，看到唐夫人脸上带着若有若无的微笑，走上前朝我伸手，我绞着裙摆，下意识地退后了一步。

"唐夫人，我们快迟到了。"烛麟的唇边泛起了一抹惊心动魄的微笑，牵起我的手就走。

助手拦在我们面前，"烛麟先生，我们夫人也有话跟你说。"

烛麟懒懒地扫了他一眼，金助手受惊于他身上所散发出来的气场，眼前的少年年纪不大，那双冰冷的眼神却看得他心神一晃。

"阿樱，关于你的身世，你也没兴趣听吗？"唐夫人清冷的声音响起。

我沉默了一会儿，轻轻地点头："我听。"

"跟我来。"她往旁边停着的黑色汽车走去，烛麟看了我一眼，我让他放心，他默默地跟在我身后，上了车。

唐夫人启动车子，透过半开的车窗，对外面的人吩咐："金助手，樱小姐和烛麟先生今天不上课，学校里劳你安排。"

"夫人放心。"助手点头，做了个"请走"的手势。

车内放着悠扬的旋律，唐夫人好像特意没有带其他人，她静静地开着车，目光透过后视镜，落在后座两个牵着手的人身上。

少年右手温柔地包裹着少女的左手，轻声对她说了一句什么，少女紧张的情绪缓解了不少，她看了他一眼，不知是羞涩还是光线的缘故，脸颊红得有些可爱。

阿樱……你都有喜欢的人了？我到底错过了多少有关你成长的岁月呢？温木看到自己的孩子变得如此耀眼，恐怕也会很高兴吧？

唐夫人收回目光，嘴角滑落了一丝苦涩。

03

一个小时之后。

一辆黑色的轿车穿越了半个城市，经过一条两边种满花的道路，停在一座青山绿水间的老宅前。

蔓生的植物似乎在外墙又爬高了些，夏日繁盛的花木没有为唐宅增添生机，密不透光的环境，反而让房子更阴森了。

天气黑压压的，说变就变，似乎要下雨了。

"我年轻时喜欢花，先生便给我种满了园子，不想长成了这般盛况。"唐夫人带着我们走进去，拢了拢脖子上的围巾，气温不低，她的穿着却是冬天的打扮。

"你和唐先生一定很相爱吧？"我无心地问道。

"咳咳咳！"唐夫人剧烈地咳嗽起来，远远等候在一边的阿芙奶奶，看到唐夫人回来，立马送上斗篷。

我和烛麟对视一眼，看着他们一伙人簇拥着唐夫人进门去。

惨白的灯光照耀在宽大的客厅，里面闷得像个铁皮箱子。阿芙奶奶命令佣人们倒茶，一行人，潮水一样地进来，又退下去。

唐夫人接过阿芙奶奶送上来的药，和水咽了下去。

风，越来越大，吹得窗帘飞起。

一道闪电劈下来，雷声轰隆。

"唐夫人，唐家做了伤害我爷爷的事，我无法原谅。"我先摆明了我的立场，我是不是唐樱不重要，但我想要知道当年的真相。

唐夫人脸上是深不可测的笑容，眼神恍然地看着我，仿佛是透过我在看什

么人。

"真像他……"唐夫人静静地说，"阿樱，那你会原谅我吗？我所做的一切都是为了你，这样你会原谅我吗？"

她不住地咳嗽，像是要把肺都咳出来。

没有人看到，阴暗的天空下，只有那么一眨眼，窗户外有一个身影，嘴角勾起毒蛇一样阴沉的笑容，正看着客厅内的一切。

"你失踪的时候还在襁褓里，才这么大……"唐夫人有点语无伦次，双手颤抖着，泪水从她眼角流下，她开始抑制不住地哭泣，和着浓艳的妆，让她看起来分外狼狈，"老天在惩罚我啊，我害了他，有人便来害我的孩子……"

她捂着肚子，突然一下子跌坐到沙发上痛吟起来。

"你怎么了？"我觉得有点不对劲，走上前想看看情况，烛麟拉住我的手，凑上前去看唐夫人。

"呕！"唐夫人突然干呕起来，一口血像鲜花一样绽开在她脚边。

"啊！"我一阵眩晕，整个身子都在发抖，想去扶她，又怕弄伤他，"你不要吓我？你怎么了？"

轰隆！

一声炸雷响起，倾盆大雨哗啦啦地下了起来。

阿芙奶奶冲了进来，她无力地跪坐在唐夫人面前，盯着她潮红的面容和诡异的嘴角，抑制不住地哭喊起来："夫人你怎么了？医生！快叫医生！"

轰隆！又是一声雷响。

大门口出现了一个人。

"璇小姐！"有人在尖叫。

雨越下越大，风刮得人透体冰凉。唐璇披头散发，光着脚走进来，她静静地走着，嘴角苍白，脸上分不清是汗水还是雨水。

唐夫人弯着身子，双手捂着腹部，发出痛苦的呻吟声，阿芙奶奶松开唐夫人，忙不迭地起身，觉察到唐璇不对劲，拿过下人递上来的毛巾，不由分说地给她擦头发："璇小姐，你怎么到外面淋雨了……"

唐夫人痛得滚落在地，吓了我们一大跳，烛麟连忙将她抱起放到沙发上。

唐璇看着唐夫人，脸上都是冷漠，她嘴角露出诡异的笑，"怎么了？你肚子痛吗？那你写这封忏悔信的时候，心不痛吗？"

唐夫人艰难地抬头，看到唐璇手中扬起的一封信，说不出话。

"谁！谁让她去的书房？谁啊！"唐夫人忽然尖叫起来。

"你杀了爸爸！"唐璇将那封信扔过去，轻飘飘的一页纸，砸得唐夫人几乎崩溃，唐璇惨叫道，"你换了爸爸的药，杀了他！"

"还有这个！"唐璇背在身后的手，举起一本羊皮卷日记，往唐夫人头上砸去，冷笑道："我终于明白了为什么你不爱我，你那么恨爸爸，恨他杀了你的爱人，你怎么可能爱我？啊！唐樱，哈哈哈……你现在找到她了，找到你和那个男人的孩子，你高兴了！"

阿芙奶奶脸色白得吓人，她一把拖住唐璇："你也生病了吗？怎么敢这样和夫人说话！"

唐璇没有理她。

"璇小姐！"阿芙奶奶厉声喝道。

"我受够了！受够了！"唐璇一把挥开她的手，她高高地昂起头，薄唇抿着，似笑未笑，她静静地看了唐夫人一会儿，忽然仰头大笑，笑得猛烈地咳嗽起来。

她看着阿芙奶奶，说出了一句残忍的话，"你们以为她为什么咳嗽？因为我换了她的药呀，像她换了爸爸的药一样。"

"天呐！"阿芙奶奶尖叫一声，跌坐到地上。

唐夫人的嘴唇，是不自然的红，混合着鲜艳的口红，红得如血，红得骇人。她伸出修长苍白的手，看向唐璇："……璇儿，你这么恨我？"

"因为我应该恨你。"唐璇语气像匕首。

"可我……"爱你。

唐夫人话没有说完，无力地往后倒去，阿芙奶奶扑过去，腿有些无力，还是接住了。大门口，穿着白大褂的医生被佣人领着进来。

有人慌张地冲进来，有人慌张地跑出去，在医生的吩咐下，保安们用担架担起唐夫人，飞快地往门外停着的急救车跑去。

04

热闹的大厅，很快安静了下来。

谁能想到会遇到这样的变故……

我傻傻地站在那里，心里像被谁掏走一大块，风冷冷地灌进来，很疼。刚刚被抬出来的那个人，她很有可能是我的亲生母亲，在我还没完全弄明白这一切的时候，我也许就要失去她了……

"烛麟……"我捂着脸，眼泪不听话地流出来了，"我好害怕……"

"我在。"他轻轻地拥抱住我，有力的心跳声，透过他的黑色衬衫，清晰地传进我耳朵里，我鼻子一酸，抑制不住哭出声。

唐璇脱力地坐到地上，全身无力，身上还穿着黏稠的湿衣服，空调吹得它半干，她低着头望着地面，眼睛却没有焦距。

地上那朵母亲咳嗽吐出来的血花，像一个烙印，烫在她的良知上。她想起身，腿刺刺的疼，她扶着椅背，努力使自己站稳，她盯着那扇敞开的大门，愣愣出神。

突然，她像想到什么可怕的事，痛苦地尖叫一声，拔腿就往大门口跑去。

风微微吹着，雨不知道什么时候停了。

安静的唐宅里，死寂一片，所有人都跟随唐夫人去医院了，这里只剩下沉默的烛麟和哭泣的我。

视线延伸处，大门口的鹅卵石路，两旁被雨淋过的茶花，在风中瑟瑟发抖，有经受不住风雨的娇嫩花朵，摇摇欲坠。

啪嗒。

一朵白色的茶花从枝头掉落，刚好掉进了积蓄的污水里，脏了。

"叶，你想知道真相吗？"

"我想。"

"如果寻找真相，我会有生命危险，你还愿意吗？"

"不愿意。"

"呵呵，我这么强，怎么可能会有事。"

"真的吗？你没骗我？"

"真的。"

唐宅内，烛麟低声问我。我擦了一把眼泪，发现他的衬衫上全是我的鼻涕，他抱着我，温柔一笑。

我们之间，只隔着一颗灵石的距离。无边无际的黑暗中，只有他脖子上的灵石散发出柔和的光芒，就如那天晚上一样。

幽蓝色的灵石，光芒越来越亮眼，我们身边的景物忽然迅速地旋转，我们身处漩涡中，安然无恙。灵石慢慢融化成了一股溪流，溪流汇聚成了一面椭圆形的镜子，镜子反射出强烈的光，照亮了整个黑暗。

一只温暖的手覆上我的眼睛，他轻声道："叶，闭上眼睛。"强光透过他的手掌照射在我眼前，我闭上了眼，眼前白茫茫一片。

时间在风声中流过，我听见他的心跳声，扑通扑通，让人觉得安心。

不知道时间过去了多久，那只轻抚在我眼睛的手放了下去，牵起我的手，"好了。"

我看到了什么！

无边无际的樱花花海！

比雪还要美的樱花，像纯洁的云朵连绵千里，像铺在地面上的巨大棉花糖，天地间柔光一片，漫天的樱花随风起舞，微风中，数不清的花瓣落下来。

我一步并两步跑到花海中，抬头观赏着，捧起一把把掉落的樱花，生怕把它们捏碎了。

"烛麟烛麟，你好厉害呀，好漂亮！"

"我们向前走，前面的路还很艰险，叶，你要做好准备。"清脆的铃声在不远处响起，风吹过我的面颊，他的话，充满了担忧。

"嗯！有你在我身边，我什么都不怕。"

踩在粉白相间的柔软"地毯"上，我们走过樱花海，来到了一个地方。

一棵盘根错节的巨大樱花树下，树上挂着一只精巧的黑色落樱铃，铃声清脆，随风摇动，上面雕刻的樱花纹路让那个"樱"字更加明显了。

烛麟镜立在树底下，镜面流动着银色的波浪，波浪渐渐地平息下去，光滑的镜面上，照出了我和烛麟。

"咦？烛麟，这镜子怎么和上次的不一样？"我看着镜子里流动着的光，心里隐隐不安。这种种的反常，到底在预示着什么呢？

"手伸过来。"他说。

像上次一样，我听话地伸手过去，我的手被他宽厚的手掌包裹着，他牵着我走到镜子前，将我的手向镜面贴上去。

指尖那股源源不断的热量传进了我的心脏。

他说："烛麟镜，履行你的约定吧，我想要一个真相并且还一个人全新的
人生。"

我看到镜子摇晃了几下，裂开了一条细细的纹路，好像在反抗什么。

"你不会后悔？"有一个苍老的声音，从镜子里传出来。

"不会。"烛麟的声音很坚定。

镜面上的光波流动起来，越来越快，越来越快，变成了一阵银色的旋风，
转动成了黑色的旋涡。

在旋涡停下来的那一刻，他牵着我，头也不回地踏入了镜中。

第九章：

落樱旋·秘密

01

眼前是一条冷清的街，街道上的积雪还没有完全融化，青石似墨，两边的红梅在风中摇曳，一直延伸到一座房子前，远远看去，门前一块大石，上面刻着清晰的两个字——唐宅。

"烛麟，我们到哪里啦？"我探出头去看，苦恼地把脑袋缩了回头，摇了摇烛麟的衣袖，"冷冷清清的，我们是到了烛麟镜中吗？"

烛麟点点头，牵着我往那扇真相之门走去，"这是第一镜，会看到什么，我也很好奇呢。"

他带着我走到那扇大门前，伸手一推，只听"咯吱"一声响，一道强烈的光射进我们的眼中，强光消失后，一个四合院出现在我们眼前。

院子里有人走来走去，他们在干活，可是他们像完全看不见我和烛麟一样，专心做着自己的事。

"何穗，你家苏瑞又去赌啦？小心唐夫人把他的手剁下来。"一个挑着水的男人对着扫地的女人笑道。

"他好赌，我管不住……"何穗苦涩地说，经过这个人提醒，她才想起来苏瑞今天的活还没干完，这样偷懒下去，他迟早被唐家开除。

"阿穗！"有人急急忙忙地跑进来，我看到他的脸，心里猛地一颤，那段时间我做噩梦梦见有人倒在血泊中，就是他！

难道他就是爷爷的儿子，我的……"父亲"？

"阿穗阿穗，快过来。"苏瑞像发现了什么好事，拍拍她的肩膀，将她拉到一旁，四下看了看，语气急切，"我听说了一个天大的秘密，唐夫人前几天生下的孩子，听说呀……不是唐先生的，是那个温木先生的。"

"别乱嚼舌头，小心被夫人听到。"何穗急忙去捂他的嘴，"你这样诬陷阿芙管家的儿子，小心被报复，再说温木先生死都死了，胡说什么！"

"我没胡说！"

接着，何穗拖着不耐烦的苏瑞，两个人偷偷地进了房间。

阿芙奶奶的儿子？温木先生的孩子？唐夫人？

"烛麟……"我想问问他，可是却迟疑了，烛麟刚刚的表情……说明他也听懂了。

唐夫人不爱唐先生，她瞒着唐先生，生下了别人的孩子。

"烛麟？"见他不说话，我紧张地叫了他的名字。

"我们去第二镜。"他偏过头，冲我笑了笑，我看到他脖子间那颗幽蓝色的灵石，散发着诡异的光芒。

那时候的我，还不知道那是灵石的警示，警告烛麟止步，不要再向前。

真相可能就是一个炸弹，不知埋在了哪里，一旦被触动，就会用最可怕的方式把现在的平静生活全部摧毁。

而往往去触碰真相的人，同样要付出惨重的代价，只是当我明白这些的时候，已经太迟太迟了……

烛麟一边牵着我继续走，我一边想，我只是想让自己活得更明白一点。

我们似乎可以跨越空间，来到想要的地方，现在我们所在的地方是唐家的二楼，从院子走到这里，仅仅只走了几步。

烛麟推开了房门，我看着眼前的一幕，震惊得说不出话。

松软的白色毛毯上倒着一个男人，看到唐夫人从卧室出来，他的眼睛就落在了桌上的那捧怒放的玫瑰和精美的三层蛋糕上。

多遗憾啊，这个生日他不能陪她了……

唐夫人看起来还很年轻，她穿着白色的洋装，看到地上的男人，恨恨地说："唐遥之，想不到我会为温木报仇吧？我告诉你，你每天吃的心脏病的药，我都给你换成了慢性毒药，现在你就要去陪他了，你开心吗？"

"婉婉，你生下了阿樱，我容忍你和他的孩子，这样还不够吗……"唐先生猛地抽搐起来，可是他仍然紧紧咬着牙，不让外面的人听到。

"不够！你毁了我的幸福，我也不会让你痛快！"唐夫人冷笑道，这时她忽然听到门外有响声，连忙喊道，"谁在那儿？"

唐夫人推开门，去追那个偷听的人，我和烛麟有默契地透过窗户看向楼下，苏瑞跌跌撞撞地爬上围墙，翻过去了。

地上的唐先生挣扎着爬起来，打电话叫来金助手，对着快吓傻了的助手，他用最后一口气吩咐道："这件事谁也不能说，以后她就是唐家的主人，你们要帮她……"

面前的脸在我们眼前渐渐模糊，耳边的嘈杂都消失了，我摸了摸脸颊，一片冰凉。我不安地思索着，手无意识地握紧了拳头。

烛麟握住我的指尖用力，脸色突然一变，我下意识反问了一句，"要不，算了吧？"

"去第三镜。"

他的手脚冰凉，胸口闷得快喘不过气来，灵石在镜中发出灿烂的光，好似要燃烧尽生命力一般。

烛麟握住灵石，温暖的力量灌输进我的身体，他的面色慢慢恢复了红润，牵着我继续前行。

眼前的风景一变换，我们又回到了唐家门外的街道上，不过红梅都落了，看起来时间发生了改变。

正在这时，有两个人偷偷摸摸地跑了出来，在女人的怀里还抱着一个婴儿。我的心里产生很奇妙的感觉，仿佛能听到婴儿害怕的心声。

"那……是你。"烛麟指着那个婴儿，声音听起来温柔得能滴出水来。

"她就是我……"我努力让自己的声音听起来和平常一样。

"阿穗！管不了那么多啦，现在唐先生死了，很多人都说是唐夫人做的，现在唐家乱成一锅粥，我知道了唐夫人的秘密，不能不这样做啊！"苏瑞拉着她一边逃跑，一边无奈地大喊。

"还不是你欠了一屁股债，怂恿我偷走樱小姐，你是不是想威胁夫人，向她要钱，别以为我不知道！"女人仓皇地跟他跑着，心疼地看着怀中的孩子。

"现在这孩子是我的钱袋子，你要是敢出卖我，小心被我打死！"苏瑞一脸丑恶，像豺狼一样威胁自己的妻子。

他们像两只过街老鼠，四下逃窜离去。

02

"咳咳咳……"烛麟面色惨白，气息不稳地颤抖了一下，忽然咳嗽起来。

我松开手，连忙帮他顺气，紧张地看着他毫无血色的脸："很难受吗？很难受我们就不去看了，好不好？"

"前两天感冒了，忘记吃药了而已，我没事。"他摸了摸我的脑袋，对我摇摇头。

"如果寻找真相，我会有生命危险，你还愿意吗？"

我刚刚想到这句话，他说过运用烛麟镜会对他的身体造成损伤，虽然他含糊其辞地糊弄我，说没关系，但真的是这样吗？还是一切都只是我太敏感？

　　眼前下起雨来，但是我们身在雨中，却满身清爽，外面的世界与我们之间，有一个无形的屏障隔绝了。

　　清新的空气扑面而来，眼前是一片田园景色，脚下的小路通往不远处的房子，青砖白墙，大门口有一排刚过膝盖的枣树。

　　这是爷爷家！

　　我和烛麟一步步向房子走去。左手边的麦田，右手边的小溪，这里的一切和我印象中的没有太多差别。

　　"喔！"我们刚走进院子，一个人影摔了出来。

　　"帮帮我吧！帮帮我，老头。"苏瑞从地上爬起来，跪在地上不停地磕头，额头上肿了一个大包。

　　一个两鬓斑白，身体还算硬朗的人走出来，那正是年轻了的爷爷。

　　"哇哇！哇哇！"

　　婴儿放声大哭，何穗抱着孩子，身体抖得像秋天里的落叶，她"扑通"一声跪在爷爷脚下，"这个孩子藏在这儿，没人敢动我们，求求您……"

　　爷爷扶着额头，差点摔倒在地，他颤抖着抱过孩子，声音是从未有过的哀痛："造孽啊……"

　　他看向院子里，眼睛无神，我看着爷爷和他怀中的"我"，眼泪唰地流了下来，头顶电闪雷鸣，暴雨哗哗地下着。

　　苏瑞看到孩子被抱住了，冲何穗使了一个眼色，两人在雨中飞快地离开，仿佛身后有什么可怕的瘟疫。

　　"呜……"我用右手捂住自己的心脏，退后摔倒在地上，烛麟急忙来扶我，担忧地看着我，"叶，你没事吧？"

　　画面一转，暴雨淋淋，洗刷着整条街道，街上没有一个人，静悄悄的，静得让人压抑。

世界只有暴雨的声音，哗啦……

突然，有两个人从另一条街冲了出来——是脸色灰白的苏瑞和何穗。

在他们身后，有一股危险的气息正在逼近。

一辆黑色的跑车出现在了刚才的拐角处，它像一只来索命的手，正朝两人的方向疾驰而来。

天地在雨水中苍茫一片，白得刺眼。看到逃跑的人，跑车忽然加速了！

"没路了！"苏瑞凄厉地喊叫一声。

只听见急促的刹车声，我一怔，看见了车窗里有一张年轻而英俊的脸。他戴着金丝眼镜，握紧方向盘，咬着牙，紧紧盯着猎物逃跑的方向，嘴角勾出一丝冷笑。

他是……唐夫人身边的金助手！

"给你们最后一个机会，说，樱小姐在哪？"他像一台机械，冰冷地说出这句话，实际上他这句话已经问过无数遍。

眼前这两个人，他并不知道名字，只根据有人举报，说与樱小姐有关。

从唐家辞职的工人，他每一个都仔细地问过，对唐夫人不敬的人，他遵照唐先生的意思，全做了处理。

樱小姐失踪后，有人看到说是被下人偷走了，唐夫人知道这件事的时候，当场就晕了过去，精神也有点不正常，时常会说一些胡话。

"孩子就是我们偷的！卖给了唐家的仇人，死了！"走投无路的苏瑞嚣张地喊道，他是如此愚蠢，以为事情败露，唐家的人来寻仇了。

"找死！"助手发动车子。

我脑海里一个响雷炸裂，似乎明白了即将发生什么。

苏瑞和何穗惨叫着，后面是围墙，他们只能迎着车子，从旁边逃过去，但是这种方法太冒险了。

他们自杀似地对着车子疯狂奔跑，汽车怒号着，引擎的吼叫和剧烈的恐惧声响在空气中。

"阿穗！左边！"

苏瑞大叫，他们改变方向，想擦着车子逃过去，助手觉察到了他们的心思，方向盘一转，对着他们直接撞过来。

空气中充满了死亡的味道。

两具身体像断了线的风筝高高弹起又重重跌下，路面上盛开了大朵大朵的血花，随着雨水的冲刷，在地上流淌。

随后，汽车调转了一个方向，扬长而去。

他们应该死了吧……

噩梦与眼前的场景重叠到一起，天地间雾气茫茫，不知道是在什么地方？

年轻的男女躺在血泊中，雨水冲刷着地上的血，女人蜷缩起身子看不到脸，像是失去了生命的迹象。

"救救我……"

苏瑞还有呼吸，他伸着一只绝望的手，一点点朝我们爬着，不知道是意识不清，还是看到了我和烛麟。

突然，他咳出一口血，那只手也无力地垂了下去。

画面一转，我们又回到了爷爷家中，只是这次的爷爷眼睛无神，整个人像受到了什么刺激。

"啊啊！"

"咯咯！咯咯！"

悲泣声和婴儿的笑声交织在一起，爷爷抱着怀里的婴儿，眼神复杂。

"钦羡，瑞儿被他们害死了！"

一身中山装的人冲进来，国字脸上，怒眉一展，阴鸷的眼睛，盯着他怀里的那个婴孩，他的眼神那么恨，恨不得那个孩子立刻消失在世界上。

爷爷仿佛感受到了这股仇恨，他站起来，举高孩子，作势就要摔下去。我的心一痛，寒冷和惧怕漫延至我的全身。

十八年前，原来我与死亡这么近……

我最亲爱的家人，他曾经想要结束我的生命……

咯咯，咯咯。

婴儿的笑声响彻在弥漫着死气的房子里，那双掌握着她生死的手，慢慢放了下来，他看到怀中孩子清澈的眼睛，甜甜的笑容，心忽然就软了。

"钦羡！她是仇人的孩子！唐家的人！你别犯糊涂。"苏云羡还在尖叫。

他什么都听不到，他看向前院，那儿一池荷叶，被风雨打得快凋败了，明年恐怕会开得很好……

他手指碰了碰襁褓中的婴儿，凄然说道，"以后你就叫苏荷叶吧……"

03

所有的一切都在远去，无边无际的樱花花海出现在眼前，漫天的樱花随风起舞，微风中，数不清的花瓣落下来。

我们回到了最开始的地方。

"该回去了……"

花瓣落在他的肩头，烛麟浑然不知，温柔地对我说。他的脸色白得吓人，嘴唇却是诡异的红。

他脖子上的灵石，失去了幽蓝的光芒，呈现出一种灰暗的紫色。

"烛麟！"

我的声音嘶哑得近乎难听，消散在纷纷樱花雪中。我此刻才发觉心中如此

惊恐，在看到他嘴角流下一丝血的瞬间，所有的感觉才惊醒了过来。

他还是毅然地向着那个方向走去，没有片刻迟疑，可是我却可以确定，他听到了。

"烛麟！"

我的叫喊含着一丝慌乱和悲戚。

"樱，我们该回去了……"

烛麟皱了皱眉，顿足，身形微动，停下动作转过头去，平静地看着那个拼命奔向他的少女。

我只感觉心脏被一股沉重的力量压着，有什么东西正在消失，心里有一团暗黑的火焰，烧得我焦灼而痛苦。

"你骗我的？你有事，你有事对不对？"

我眼睛一眨不眨地盯着烛麟，想要从他脸上读出些什么，面前这张脸白的近乎透明，他明明就在我的眼前，我却感觉他在渐行渐远，仿佛就要那样消失不见。

烛麟就那样站着，身体内那强撑的气力已经到了崩溃的边缘，从心脏到指尖，每一寸都有清晰的痛楚，他可以感觉到，身体已经支离破碎了，只靠肌肤的假象支撑着这副衰败的躯壳。

灵石变成了紫色，无法再给他提供力量了。

"笨蛋，我那么强，怎么会有……"他缓缓伸出修长优美的手，指缘轻轻擦过我的耳垂，慢条斯理地擦过我凌乱的发丝。

砰！我还来不及出声，只听得耳边一声响，他倒在厚厚的樱花海中，白色的樱花被砸得漫天飞舞，一片一片，染着他的血。

我面色苍白，抬起手用力捂住嘴唇，压抑住即将逸出的哽咽，他就这样倒在了我的面前。

"烛麟……"我扑倒在他身上，风怒号着，粉色的樱花迷了我的眼睛，眼前好像出现了一个极美丽的幻梦。

我从来没有看过这样美丽的樱花海。

这是……烛麟的梦吗？

纷纷扬扬的樱花，片片飘落下来，手伸出去，就是满满的一捧。

烛麟就那样跪着，跪坐在雪地上，双腿被冻得麻木而僵硬，只感觉所有的光亮全部被深渊吸了进去。

"哎呀，没关系啦，出身差了点而已嘛。"一只小小的白色神兽，边吃包子，边安慰他。

这个季节还能看到这么美的花，看来他还是有点灵力的。

"你的心为什么那么冷呀？"诞跳到他面前问。

烛麟偏过头，不理它。

"哎呀，以后遇到让你温暖的人，就不冷啦。"

……

"后来我不再相信人类，不信这世间所谓正义所谓真情，认定人类都有丑陋的一面……遇到你是我没想到的事，你就这样闯进了我的世界……"

"樱，我喜欢你。"

漫天的樱花随风起舞，清脆的铃声响起，他酒意朦胧，轻笑着对她说……

原来，他早就说过了。

"樱，我爱你。"他轻声说。

身体渐渐变得透明，所有的回忆片段，逐渐浮现在他和她的眼前，死亡的前一刻，他看到她哭得快绝望的脸。

"我需要你用东西来交换。"

"什么东西？"

"你的心。"

他微笑着用食指指向我的眉心，道了句，"真相，还给你了。"

然后，他消失在我的怀抱中，化成了那千万片的樱花，支离破碎……

同时，那个幻梦也以迅雷不及掩耳之势破碎，只剩下了那晃眼的白。

我被强光刺得发晕，身体被什么击中，我呜咽一声，眼前一黑，陷入了黑暗中。

04

"不会让你死的。"

朦朦胧胧中，我看到一只白色的神兽赶来，冷峻地喊道。

烛麟镜随着烛麟的魂飞魄散碎裂，诞在最后一刻跳入烛麟镜中逆转时间，抓住了烛麟最后一丝消散的精魂。

"烛麟镜，我以神兽的命，与你交易！"

碎裂的镜片，仿佛在顷刻间静止了，减缓了开裂的速度，那个苍老的声音，似乎带着无奈的笑意，又带着淡淡的嘲讽："如今的交易者，都愚蠢地想去送死吗……"

"我命令你，给他一个在人间生还的机会！"

"你还是这么固执……"苍老的声音机械一般地开口。

"答应我！算我求你，我从没低过头，就这一次，求你。"

"罢了……"

声音带着白色的神兽融为一体，渐渐远去，一缕黑色的精魄挣脱开烛麟镜，从镜面飘出，随风飘荡，落在了一棵粉色的樱花树上。

漫天的花瓣飞舞，天空中下起了小雨，仿佛落了一场樱花泪。

烛麟镜碎裂前，里面回放着一个画面。

一望无际的白雪地里，立着一棵樱花树，没有花，没有叶，只挂着一串黑色的落樱铃。

烛麟站在树下，冷空气从四面八方蹿进他单薄难御寒冷的身躯，他殷红的嘴唇受不住侵骨的阴冷微微颤抖，眉头皱得像是拧不开的结，几缕黑发滑过光洁白皙的额头，漫不经心地垂落在他紧闭的眼皮上。

丁零，丁零……

突然，耳畔响起了清脆悦耳的风铃声，他手指一动眼睛随之睁开，清亮深邃的眼眸准确无误地捕捉到树下的异动。

银色的镜子像一条永不停止的河流，泛着淡淡的光波，慢慢地那片光波上出现了眼睛和嘴巴。

烛麟镜中有一个苍老的声音，像是来自蛮荒世界，低沉，绵长。

"烛，你想知道什么信息？"

"我想要一个真相并且还一个人全新的人生。"

"作为主人，你与烛麟镜做交易，违反了约定，以后我们再无契约，你想好了？哪怕付出任何代价？"

"是的。"

"好，我需要你用东西来交换。"

"什么东西？"

"你的心。"

那颗看过世间悲惨事，看透人性丑陋自私，却因喜欢上了一个人类，相信了纯善而被温暖的心，那是无比宝贵的东西。

烛麟沉默了，就在烛麟镜以为他不会答应时，他淡淡地点头："好，我答

应你。”

声音逐渐远去……

啪啦！

镜面裂成了粉碎，紫色碎屑洒了一地，烛麟镜消失了，地上只留着一颗普普通通的石头。

没有人知道，它曾经是一块能呼风唤雨的红灵石。

苍老的声音，履行着他与神兽的约定。

“樱花最美时，便为凋零之时……每棵樱树中都有个精灵，那就让他在樱花的歌声中，归来吧……”

樱，我爱你。

梦中，有个声音在我耳边说。

漫山遍野的花瓣中，少年用手轻点着我的眉心，叹息着说：“真相，还给你了。”

他是谁呢？这个梦为什么这么真实？可我什么都想不起来了……

我睁大眼睛望着白色的天花板，房间里很安静，风吹着窗帘扬起，我的手心凉凉的，摊开掌心一看，是一颗冰凉的眼泪。

谁的眼泪呢？

我好像做了一个很长很长的梦啊……

05

诞用神兽的生命，为烛麟换取一个在人间生还的机会。

而烛麟，用一颗心和烛麟镜交易，给了苏荷叶一个全新的人生。

关于苏荷叶的一切不好的记忆全部被销毁，相关的人的记忆也被改变，苏

瑞和何穗夫妇死于正常车祸，爷爷抚养身为孤儿的她长大，唐夫人只记得唐璇一个孩子……

住院的苏钦羡，醒来时正躺在自己的床上，他看着屋门前那条路，他好像梦见了自己住院了，梦见了一个穿着红裙的女人，还有谁呢？对了，他的孙女说下周回来看他，他爬起来，颤颤巍巍地往厨房走去，心想着要给孙女准备一些干果、小吃。

唐夫人在医院醒来时，唐璇哭喊着"妈妈对不起"，她说她不小心撞到唐夫人，让唐夫人从楼梯上滚了下来。

……

没有恩怨，也没有后来的痛苦。

没有人知道，这样做到底对不对？

不该有交集的人，他们回到了自己的世界中，永远相忘于江湖。

记忆若是太痛苦，忘记也算一种幸福吧。

苏荷叶这个名字消失在了烛麟镜中，取而代之的是——苏樱。

"啊，要迟到了！"

四月的樱花漫天飞舞，我抱着一摞书，看着手表上的时间，如一只兔子火急火燎地朝着教室方向跑去。

一头顺直的齐腰黑发被绿色蕾丝绑成马尾，此刻因为奔跑，它们调皮地在脑后飞舞。粉色的樱花，落在我的蓝色百褶裙上，雨后春天的空气中弥漫着浓郁的花香味道，不过此刻的我没心情呼吸清爽的空气，长长的走廊里只听见我脚步奔跑的"嗒嗒"声。

"借过，麻烦了！"

跑进教学楼大厅突然前面出现一个男生，我焦急地大喊，脚下一个趔趄似

乎撞到了什么，我如一阵风刮过男生身侧，飞快地回头瞥了一眼刚撞到的物体，当我看清那个摇摇晃晃的青花瓷物件时，脑子里一个惊雷炸响。

花瓶！

"那，那位同学你后面快帮忙扶住！"我惊慌失措的声音回响在大厅内，一脚跨上三个台阶的我急忙刹住步子，手连忙指向少年的身后。

少年微微抬起头，深邃的目光如夜海中溺水的星星，堪称完美的精致五官张扬着微笑，给人一种无法拒绝的亲近感。

好险！

少年回头的一刹那，本放在圆柱旁当作摆设的景德镇落地青花瓷大花瓶，随着我的碰撞原地晃悠了几圈，差点倒地破碎，少年手一挡，轻轻扶住了它。

我瞳孔一阵紧缩，拍拍心脏，放下心来。

"谢谢你啊！我是三班的苏樱，哎……你叫什么名字？"

我打量着这张美丽的脸，光洁白皙的额头，单薄如樱花轻抿的嘴唇，丝绸般光泽的黑发，对上少年温暖如春波的视线，我心里咯噔一下别开视线，空气中满是尴尬的气息。

我听见他的声音带着轻笑，像一阵风，轻轻地吹进了我的心。

"不用谢，我叫祝麟。"

番　外：
烛麟镜语，樱花夜歌

《神异经（西南荒经）》有载：西南荒中出讹兽，其状若菟，人面能言，常欺人，言东而西，言恶而善。其肉美，食之，言不真矣。 ——烛麟镜

01

钟山依旧是白雪皑皑，又是一年红梅飘香，整个山谷，千鸟飞绝，寂静得似没有生气。

一只糯米团子似的白色小神兽，在这片与世隔绝的山谷驰骋着，奔跑着。

"诞！你又偷吃师傅做的包子，我要去举报你！" 一个十多岁的小孩，苦大仇深地在诞后面大声叫着。

"钟月，我才不怕你呢，我跑得这么慢，你还嫌快，哎呀哎呀，我真是太厉害啦。"

小孩不说话，委屈地低着头。

"算了算了，还给你！玩去吧，要是那小子跟我比，肯定好玩多了。"诞摆摆爪子，不耐烦地开口。

一个包子从天上抛过来，钟月连忙兜起衣服接住，兴冲冲地跑回去了。

钟月在厨房的煤堆里找到了诞，咽了咽唾沫，小心地上前，不怕死地开口："那个……我说，诞啊，你是不是很喜欢那个怪物啊？"

"哈？怪物？他哪里是怪物啦，他是烛龙和妖之子，很厉害的！"诞说

着，一脚就踹了过去。

踹完，诞就逃跑了。

等诞一离开，钟山山谷里的大大小小，老老少少就出来凑在一起了。

"诞整天说自己厉害，师傅这次都要让他去人间了，你们怎么看？"

钟月蹲在地上，在他周围围着一群奇奇怪怪的动物，像是在开什么大会。

"切！它臭屁什么？连我们兔族都打不过哦。"一只兔子凶悍地说。

"嘘……"白狐看了看四周，确定没危险了，才继续说道："师傅好像要把那怪物扔下人间啦，听说，诞也要去。"

"真的啊？还有什么，快给我们说说。"大家伙都凑在一起，各种八卦。

"你们干什么呢？我听到我的名字了！"忽然一声吼叫，似晴天霹雳炸响在众兽头顶，大家一听，都撒开了腿逃跑，被抓到审问就惨了。

待诞冲过来，雪地上已经没了一只兽，钟月也跑得不见踪影。

它面前只剩一片被踩得一片狼藉的雪地，旁边的红梅开得正艳，在风中瑟瑟抖动，仿佛在笑呢。

"你们也敢笑？！"诞刀子般的目光，扫向那一丛丛红梅，红梅们马上停止了抖动，规规矩矩地开着，待诞大摇大摆地离开后，又拼命地摇晃起来。

……

一群笨蛋！诞的嘴角忽然浮现一个怪异的笑。

师傅说，人间有很多好吃的。

"嘿嘿……"诞这般想着，情不自禁地笑出声来，"有好吃的哇！那就去人间玩玩啦。"

它摇头晃脑地去找烛麟。

在一棵樱花树下，烛麟眼眸沉静如水，坐在一块青石上，望着镜子里的自

己发呆，他脖子上挂着一颗红灵石，红得像燃烧的火。

这个季节还有樱花啊？是他让这棵树开花的吧？诞暗暗地想，为了显得它很有风度，它大摇大摆地往前走。

"哎哟！"它大叫一声，没看到一块石头，踢到石头摔了一跤，像个圆滚滚的西瓜一样，滚到了烛麟的面前。

它连忙爬起来，舔了舔它尊贵的白色皮毛，咳了咳嗓子。

"喂！本大神是三界无敌大神兽'诞'！你这小怪物是谁？"

"我是烛麟。"

"好巧，以后你去人间，师傅就叫我保护你啦！初次见面，多多关照！"

"我不需要保护。"

"别这样嘛，我是诞，我会永远守护你的。"

……

银色的镜面上，倒映着它真诚的脸。粉色的樱花，像翩翩起舞的蝴蝶，漫天飞舞，高大的枝丫上，挂着一个精致的黑色铃铛。

铃铛清脆，随风而响，不停地回响着那句嚣张的话……

我会永远守护你的，我会永远守护你……

02

苏伦学院。

安静的教室里，英语老师在讲台前唾沫星子横飞，我微张着嘴巴，不知道什么时候打起了盹。

意识回笼时，下课铃声刚好响起。

一个同学抱着篮球，从打开的窗户探进来半个头，调侃："苏樱，啧啧，

没救了……"接着他向祝麟发出邀请，"好学生，别写了，咱打球去。"

"嗯。"祝麟写下最后一个单词，将笔记本扔到我桌上。

回到绿绮小区的家，我嗓子疼得像在冒烟，躺在凉席上撑开昏昏沉沉的眼皮，看着薄雾蒙蒙的天色，抬不起半丝力气，呃……难道上课睡觉也能感冒？

May be my foolishness is past

也许我的愚蠢将成为过去

And may be now at last

也或许现在就是结束

I'll see how the real thing can be

我将见证那些真实事情的实现

……

对面那个家伙，又开始放音乐了！

"唔，烦死啦！"我咽咽口水翻身，喉咙口一阵刺痛，嘟嘟囔囔地冲到阳台，"祝麟，你不关小音乐声，我跟你没完！"

"好好，怕你啦。"祝麟应着，忙将音响扭小一个档，摊开双手，对我耸耸肩。

"我感冒了，你别吵我。"我一抹汗津津的额头，到厨房喝了杯水，回到房间，蜷缩成一团沉沉睡去。

醒来一睁眼就对上了祝麟的一张大脸，差点吓得我半死，我一手撑在他脸上，坐起来连连后退："你怎么来我家的啊？"

"我从阳台上翻过来的。"祝麟眼疾手快地捉住我的手，将怀里的保温杯塞进我手里，用赏赐的语气道："喝吧，可乐姜片，驱寒的。"

"你煮的？"我握住保温杯，狐疑地盯着他，眼睛里勾起不怀好意的笑。

"不然嘞？看你睡得跟猪一样没叫你，趁热喝。"祝麟站起身，抄起双臂，一边走一边打量着书桌上的纸，"……樱花和风铃？"

"嗯！网上看来的故事，关于一个少年，好像叫什么'烛麟'、落樱铃……和你的名字好像。"我吹着瓶口喝着可乐闷声道，抽抽堵塞的鼻子。

"名字像？我肯定比他帅。"祝麟正把玩着我放在书桌上的魔方，扭头看我，一束阳光剪落在他侧脸上，我一瞬间被他看得心猿意马，脸颊发烧，随即我佯装平静，把这些小心思掩藏在心底。

看到我有点呆了，祝麟走过来端详着我，我一激动打了个嗝，咆哮道："看什么看，没看过美女啊……哎哟！你打我干什么？"

我还在叽里咕噜，祝麟一掌拍在我的脑袋上，力度不大却打得我有点找不到北。

"我高兴。"听到这句话，我不顾还感冒着，条件反射地一脚蹬出去，祝麟被我踹得一个趔趄，摸着大腿嗷嗷直叫。

他鼓足了腮帮子瞪着我，声音里不自觉有委屈，"苏樱！好痛！"

我把保温杯往手边重重一放："我高兴！"

"……"

然后，祝麟拎小狗一样拖起我说："我看你感冒很严重，走，打针去。"

"我不！"我像棵坚忍的松树一动不动。

他推了我几下没推动，恼怒道："喂！走啊。"

我摇头。

"不走我生气了啊。"他仰起头看着我，他高出我许多，从我这个角度只能看到他的下巴，尖尖的，让人想揍上一拳。

他微笑看着我，眸中水光激潋，摆明跟我杠上了。

"好啦！走走走，去诊所吊水。"我咬牙切齿地说完，往外走。

祝麟低声笑起来，我困惑地转身，他刚好走到门边，见到我莫名其妙的脸，他邪气地一笑："你生气的样子真可爱。"

我两颊一烧还没反应过来，祝麟已经心情好地哼着小曲出去了。

第二天傍晚。

外边一群孩子叫得正欢，祝麟又翻过阳台，来敲我家的窗户，"咚咚"的声音开始很温柔，到后面急如骤雨。

我翻起来光脚踩在地上，怒气冲冲推开窗户："吵什么吵。"

"今天的笔记。"祝麟将夹在胳肢窝的两个本子递给我，又低头从怀里拿出一个苹果，"看你感冒好得差不多了，吃苹果爽口。"

"谢谢咯。"我正眼不瞧他，心里却乐开了花。

祝麟轻轻点头，那双会说话的眼睛盯住我的脸颊，我心虚地抬起手背抹了抹，奇怪道："怎么了？"

"气色好多了，还有风扇不要吹一整晚。"祝麟说完这句话，伸手将窗户关上，朝我笑了笑，"多喝热水。"

然后，他沿着来路，翻阳台回去了。

我看着手上的苹果，又看着那个少年，逐渐消失在夕阳西下的光芒中，嘴角的弧度挑了上来。

我的少年，等我们长大了，就在一起吧……

制服特辑

绝世美男团的
"男子力"角逐大赛

绝世美男团强势来袭
独家上演的
"男子力"角逐大赛
现在开始!

选手1号·骑士范

姓名:安芃染

代表作:松小果 《美型骑士团·星辰王女》

制服宣言:美型骑士前来觐见,星空闪耀下的骑士精神是我最大的信仰。

内容简介:

"学霸"夏小鱼最大的爱好是看参考书;最喜欢的游戏就是做参考题。

可是谁来告诉她,为什么她突然得继任什么星空守护使,还要负责守护星空城的和平?这简直是在浪费她做题的时间!

还没等她反应过来,星空守护三骑士绚丽现身——

永远欺压在她头上的全校第一天才美少年安芃染说话刻薄就算了,还敢嫌弃新任守护使?

天使般可爱"正太"樱寻狐岛竟然足足有三百岁,结果莫名其妙地被抓走?

拥有奇特思维的"酷炫"系不良少年息九桐暮姗姗来迟,怎么是"吃货""话唠"?

呜呜呜,为什么解除骑士魔咒的办法是星空守护使的祝福初吻?

"学霸"少女的日常生活完全混乱啦!

选手2号 · 科研范

姓名：北祁一

代表作：艾可乐 "星座公寓"系列 **《绝版双子座拍档》**

制服宣言：进击吧，双子怪君，你可是穿白大褂最好看的科学家！

内容简介：

名门大小姐项甜甜来到爱丽丝学院后，一心想摆脱社交障碍，交到朋友，却无意中成为桔梗公寓怪异美少年北祁一最配合的实验伙伴。

蟑螂的绝地反击、疯狂太空舱考验，呜呜呜……实验过程真的好痛苦！但是为了维持和北祁一之间珍贵的友情，项甜甜告诉自己一定要忍耐、忍耐、再忍耐！

友情持续发酵，逐渐散发出了恋爱的香甜气息，项甜甜快要沦陷了。

可是，就在她被北祁一的温柔打动，准备告白的时候，才知道北祁一竟然一直在欺骗她，他根本就不想和她做朋友，而只是……

北祁一！准备接受真心的惩罚吧！

两大占卜高手测算"不幸"预言，

鬼才双子对决内向摩羯，最不搭配星座"囧萌"相遇，将带你领略爆笑巅峰的浪漫恋情。

选手3号 · 王子范

姓名：阿普杜拉·斯坦尼·诺夫拉斯

代表作：艾可乐 **《我家王子美如画》**

制服宣言：除了我这种真正的王子，还有谁能穿出这种王子范！

内容简介：

存在感微弱的"透明"少女苏苹果，某天竟然从樱花许愿树下"挖"出了一名貌美如"画"的王子殿下！

哈哈，难道是她撞上绝世大好运了吗？

不不，樱花王子只有颜值，智商却严重"掉线"，"撩"妹不自知，送礼送心跳……

苏苹果都后悔答应帮他完成秘密任务了！

可狡猾如狐的路易王子、傲慢的贵族少女阿尼娜来势汹汹！

一个爱算计人心，一个对王子虎视眈眈，透明少女能勇敢逆袭，为她家的"蠢萌"王子抵挡住强敌吗？

奢华美色，暖心拥抱，满分微笑，浪漫甜吻——

让艾可乐带你玩转现代宫廷恋爱！

选手四号 · 明星范

姓名：时洛

代表作：茶茶 **《心跳薄荷之夏》**

制服宣言：拥有明星衣橱和演员的自我修养，各种范应有尽有！

内容简介：

长跑是慕小满的特长，她失去了……

孤儿院是慕小满充满回忆的地方，也快要消失了……

元气少女慕小满，为了获得拯救孤儿院的资金，忐忑地跟坏脾气的大明星时洛签下百万真人秀合约，却在与时洛的相处过程中，在这个除了颜值什么都没有的大明星身上感受到了被守护，慕小满慢慢沦陷。

可是，来自时洛的堂弟时澈莫名的追求和已经成为富家千金的昔日孤儿院好友的陷害，让慕小满和时洛渐行渐远。而时洛背后，一个始料未及的来自最亲近的人的阴谋，正在慢慢浮现……

绝世美男团的"男子力"角逐 现在开始，
选择你最喜欢的选手，去买他的代表作支持他吧！

这个季节，
美少女&音乐&王子&完美饮品&大明星
通通在等你

花漾年华　清甜一季　偶像剧必备元素

这里通通都有！
你还在等什么？一起来看看吧！

NO.1 比肩SHN48的女团大作战

《轻樱团夏日奇缘》 松小果

内容简介：

梦想成为演员的邻家少女许轻樱稀里糊涂成了国内最受欢迎女团Pinkgirls的成员，还一不小心成了"门面担当"，成为整体形象的代表！

喂喂喂，你们不要私自做决定好不好？

可是为什么从萌系队长彭芃到时尚圈小公主安琪都大力支持？

许轻樱有些头大，不得不求助青梅竹马的"学霸"徐晚乔来帮忙，结果他不仅帮她搞定了日常琐事，甚至还帮她们团队完成了打造专属电视节目的梦想，简直就是与她心有灵犀版的"哆啦A梦"！

就在她们即将成功的时候，同公司的"国民王子"杜墨却突然跳出来，不仅跟许轻樱拍广告上节目，甚至还跟她传出了桃色绯闻。

许轻樱被公司暂时雪藏，可是人气总决选也即将到来！危机一触即发，轻樱的反击也必须开始……

进击吧，许轻樱！

NO.2 为梦想而战的古琴少女

《琴音少女梦乐诗》 茶茶

内容简介：
一声弦动，千年琴灵从天而降，平凡少女薛挽挽的命运开始发生翻天覆地的变化。
对音乐一窍不通的薛挽挽在琴灵的威逼之下加入器乐社，却发现器乐社的气氛异常尴尬。温柔社长和火爆小提琴手在社团里见面必大吵，各怀秘密；毒舌王子季子衿身份成谜，却总在关键时候出现，还会独自一人在湖边吹埙；混血少年看不起中国音乐，竟然还是钢琴天才……社团里到底还有多少秘密？
古琴进阶之路十分坎坷，想放弃的薛挽挽突然发现，谜一般的季子衿似乎和她死亡多年的父母有着千丝万缕的联系。十年前的事故，是意外还是阴谋？消失十年的千年古琴重现，所有的线索似乎已经串连到了一起……
我们所看到的，真的就是真相吗？

NO.3　大脑脱线的貌美王子
《我家王子美如画》　艾可乐

内容简介：
存在感微弱的"透明"少女苏苹果，
某天竟然从许愿樱花树下"挖"出了一名貌美如画的王子殿下！
哈哈，难道她从此撞上绝世大好运了吗？
不不，樱花王子只有颜值，智商严重"掉线"，"撩"妹不自知，送礼送心跳……
苹果都后悔答应帮他完成秘密任务了！
可狡猾如狐的路易王子，傲慢的贵族少女阿尼娜来势汹汹！
一名爱算计人心，一名对王子虎视眈眈，透明少女能勇敢逆袭，为她家的蠢萌王子抵挡住强敌吗？
奢华美色，暖心拥抱，满分微笑，浪漫甜吻——
让艾可乐带你玩转现代宫廷恋爱！

NO.4　神秘的独家饮品
《仙月屋果味不加糖》　巧乐吱

内容简介：
这里是仙月家，欢迎品尝特饮师的独家秘制饮品！
击败美少年的四季思慕雪，温暖又让人坚强的草莓阿法奇朵，比哥哥更让人安心的水果豆奶茶，还有充满爱和惊喜的欢乐彩虹，每一杯都有它们专属的故事！
校草东野寒热情无脑，天才南佑纪温柔似水，机灵少年西存纪天使脸蛋恶魔心，冷酷冰山北间鸣苦恼别人看不出自己的表情，双面特饮师具小仙莫名被拉入由他们组成的神秘事件调查队，只好隐藏身份，步步为营。
哥哥的下落不明，南佑伦的身世似乎有隐情，幕后黑手若隐若现，具小仙该如何在四大校草的包围中解开接踵而来的谜题？
真相永远只有一个，直击味蕾与心灵的甜蜜大战一触即发！

NO.5　清新治愈的超级大明星
《心跳薄荷之夏》　茶茶

内容简介：
长跑是慕小满的梦想，她失去了……
孤儿院是慕小满的充满回忆的地方，也快要消失了……
元气少女慕小满，为了获得拯救孤儿院的资金，立志地跟坏脾气的大明星时洛签下百万真人秀合约，却在接近时洛的过程中，在这个除了颜值什么都没有的大明星身上感受到被守护的感觉，慕小满慢慢沦陷。
可是，来自时洛的堂弟时濛莫名的追求和已经成为富家千金的昔日孤儿院好友的陷害，让慕小满和时洛的关系渐行渐远。而时洛背后，一个始料未及的来自最亲近的人的阴谋，正在慢慢浮现……

花开缘起·花落缘灭

● 唐家小主

——世上最让人参不透的字是"悟"，
最让人逃不开的是"情"。

· 玉容寂寞泪阑干，梨花一枝春带雨　· 砌下落梅如雪乱，拂了一身还满

楚少秦：我不准你爱上其他
人，你这辈子只能爱我一个
人，你是我的。

梨秋雪：我恨他，可是我也爱
着他。

——《梦回梨花落》

辩真儿：忘尘这一辈子，世人
皆可见，唯不见红颜。

柳逸忆：辩真儿不是世人，我
也没爱过世人。

——《眉间砂》

梦回当年，梨落成泥，江山永隔
红梅乱雪，琴弦挑断，岁月永殇

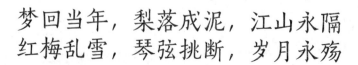
/ 最 怕 爱 你 至 白 头 ， 此 生 不 得 终 /

抹茶星光，甜蜜年华

吱，这里是巧乐吱的开年专场！

祝大家新年快乐，新年吉祥，新年如意，新年爱吃啥就吃啥，绝对不长胖！
言归正传，在新年的美好开头，大家需不需要一些慰藉心灵的"小甜品"呢？

吱吱在这里诚意推荐两款超美味的"甜品"哦！

 第一款心灵甜品：
抹茶味的清新故事

 第二款心灵甜品：
糖果味的浪漫故事

《初恋星光抹茶系》

米其林甜点师vs"吃货"冷美人
因为一块抹茶曲奇谱出的浪漫甜点独奏曲

巧克力文学代表巧乐吱
重磅推出"美食忠犬系"超满分限量组合

一间只为等待你的香气咖啡屋
一位守在原地的神秘花美男
一切都只为在璀璨星光里，再次和你相遇

《糖果色费洛蒙之恋》

糖果色的梦幻甜蜜故事
迷惑人心的韩系费洛蒙式恋歌
坚守老字号糖果店的活力少女vs集团高傲的继承人
巧克力文学掌门人巧乐吱打造超浪漫的校园恋爱物语
命中注定的夹心太妃糖之恋
奇妙的心跳邂逅

悲情女王作家陌安凉手握时光，
打造纸上残酷青春大戏：

《你让青春暗伤成茧》

你试过那样喜欢一个人吗？
像跗骨之蛆那样，不管会被憎恶还是讨厌，都缠着他。
仿佛只要你永远不放弃，他就是属于你的。

【夏蝉】

大雪过后的街道，死一般寂静。
我一个人在这样的世界，走啊，走啊……
相信走到头就会好，即使现在有诸多不幸。

【莫奈】

慈悲能填补空虚，宽恕能包容罪孽。
我们背负希望，缠在宿命织成的网里。
走轮回里的定数，每一步，不偏不倚，都是隐隐的痛。

【江淮南】

心如蚕茧·步入荆棘·爱成刀刃·宿命撕扯·一场雪祭
年少的碰撞 X 青春与岁月的煎熬 X 孤独的世界

亲爱的，你后来总会遇到一个人。在无人安慰的整个青春，那些让内心煎熬过的东西都会成为你荣光的勋章。
陌安凉手执命运之线，赠你一段逝去的旧时光！
相遇·别离·破碎·伤痛
神会给那些悲伤的灵魂，抚以安息的双眸。

《你让青春暗伤成茧》内容简介：

你曾是我触手可及的幸福，
你也是我永远触碰不到的遥远，
我们被包裹在密不透风的坟场里——
挣扎、拥抱、流泪、刺伤、离散。
你让我的青春暗伤成茧，我为你一生不再破茧成蝶。

这是在这个夏日，献给你的一本魔法糖果书！
古老森林、精灵、薄荷社、神秘阁楼……
怪事多多，惊喜不断，让你的心脏震颤不已！

千寻依和千寻雪，时尚姐妹花，带你玩转不一样的神奇校园！

超人气软萌少女茶茶，全新力作轻氧系浪漫梦幻故事

《精灵王子的时光舞步》

温馨**治愈**＋**薄荷**清新＋**奇异**美少年
＋感人友情＋**时尚华丽**

白洛西，你一定是我的天使，不然怎么治好了我的眼泪？
我是属于森林的精灵，你在等我，我就不会消失。
当我们分开了，我会跳一支时光里的舞，它叫圆舞，失去的会再回来，错过的人会再相逢。

精灵王子的时光舞步
Elf Time Dancing
Prince's

欢快能量俏皮少女VS古老精灵神秘美少年

演 绎 森 系 校 园 甜 美 浪 漫 故 事

爱至荼蘼，夏季微凉

AI ZHI TU MI , XIA JI WEI LIANG /

叶冰伦/作品

遗憾掩盖了无憾
现实冲破了理想

妥协战胜了斗争

少时的我，
往情深却爱而不得。
年时的你，
心翼翼又字字锥心。

叶冰伦/作品

我们唱着离别的歌，却不愿说再见

那些温暖的、冷硬的、
感动的、疼痛的、清浅的、
深刻的青春回忆，

那些整日吟唱的离别，
那些不愿说出口的再见，
是否飘散在时光中？

录下一个没有坏人、没有血腥与杀戮，却是世界上最残酷的故事！